KB058499

인간 실격

클래식 라이브러리 007

인간 실격

클래식 라이브러리 007
人間失格

다자이 오사무 지음
신현선 옮김

arte

일러두기

1 이 책은 太宰治, 「人間失格」, 「グッド·バイ」, 『太宰治全集』(筑摩書房, 1983)를 옮긴 것이다.
2 인명, 지명 등 고유명사의 우리말 표기는 국립국어원 외래어표기법에 따르되, 일부 예외를 두었다.
3 주석은 모두 옮긴이의 것이다.

차례

인간 실격

서언

나는 그 남자 사진을 세 장 본 적이 있다.

한 장은 그 남자의 유년 시절이라고 해야 할까, 열 살 전후로 추정되는 무렵의 사진인데 정원 연못가에서 수많은 여자에게 둘러싸여(그 여자들은 누나와 여동생 그리고 사촌들로 여겨진다) 굵은 줄무늬 하카마[1]를 입고서 고개를 약 30도 왼쪽으로 기울인 채로 흉측하게 웃고 있는 사진이었다. 흉측하게? 하지만 둔한 사람들이(즉 아름다움이나 추함 따위에 별 관심이 없는 사람들이) 시큰둥하게

"귀여운 도련님이네요."

라고 적당히 좋은 소리를 해도 아주 빈말로는 들리지 않을 만큼의, 이른바 통속적인 '귀염성' 같은 데가 그 아이의 웃는 얼굴에 없는 건 아니다. 그러나 조금이라도 미와 추에 대한 분별력이 있는

1 겉에 입는 일본의 아래옷. 허리에서 발목까지 덮으며 넉넉하게 주름이 잡혀 있고, 바지처럼 가랑이진 것이 보통이나 치마 모양의 것도 있다.

사람이라면 한눈에 바로

"이 아이, 진짜 기분 더럽다."

하고 몹시도 불쾌한 듯 중얼거리며 마치 송충이라도 털어내듯이 사진을 내던져 버릴지도 모른다.

정말이지 그 아이의 웃는 얼굴은 들여다볼수록 어딘지 모르게 불길하고 섬뜩해 보인다. 이건 전혀 웃는 얼굴이 아니다. 그 아이는 조금도 웃고 있지 않다. 그 증거로 아이는 양 주먹을 단단히 쥐고서 있다. 사람은 주먹을 단단히 쥐고서 웃을 수 없다. 그건 원숭이다. 원숭이가 웃는 얼굴이다. 그냥 얼굴에 흉측한 주름살을 짓고 있을 뿐이다. '주름투성이 도련님'이라고 부르고 싶을 정도로, 정말로 기묘하고 추저분하면서 이상하게 사람을 역겹게 만드는 표정의 사진이었다. 나는 지금까지 이런 기괴한 표정을 가진 아이를 한 번도 본 적이 없다.

두 번째 사진의 얼굴 또한 깜짝 놀랄 만큼 변해 있다. 학생의 모습인데 고등학교 시절 사진인지 대학 시절 사진인지 분명치 않으나 아무튼 굉장히 미남이다. 그러나 이것 역시 이상하게도 살아 있는 사람이라는 느낌이 들지 않는다. 교복을 입고 가슴 호주머니에 하얀 손수건을 꽂고 등나무 의자에 앉아서 다리를 꼬고 앉아 역시 웃고 있다. 이번에 웃는 얼굴은 주름투성이의 원숭이 웃음이 아니라 아주 능청스러운 미소이기는 하지만, 어딘가 인간의 웃음과는 다르다. 피의 무게랄까, 생명의 웅숭깊음이랄까 그런 충실감은 전혀 없이 그야말로 새처럼, 아니 깃털처럼 가볍게 하얀 종이 한 장처럼 그렇게 웃고 있다. 즉 하나부터 열까지 가짜라는 느낌이다. 같잖다고 하기에는 뭔가 부족하다. 경박하다는 말도 뭔가 좀 부족하다. 교태 부린다고 하기에도 부족하다. 물론 멋쟁이라는 말도 부족하다. 그러나 자세히 들여다보면 역시 잘생겼다는 생각이 들면서도 어딘가 괴담 같은 섬뜩함이 느껴졌다. 나는 지금까지 이렇게 미묘한 미남 청년을 본 적이 한 번도 없다.

마지막 세 번째 사진이 가장 기괴하다. 나이를 전혀 짐작할 수 없다. 머리는 약간 백발인 듯했다. 몹시도 지저분한 방구석에서(벽이 세 군데 정도 허물어져 내린 것이 사진에 확실하게 찍혀 있었다) 작은 화로에 양손을 쬐고 있는데 이번에는 웃고 있지 않다. 아무런 표정도 없다. 말하자면 앉은 자세로 양손을 화롯불에 쬐다가 자연사한 듯한, 정말로 꺼림직하고 불길한 냄새를 풍기는 사진이었다. 기괴한 것은 그뿐만이 아니다. 그 사진은 비교적 얼굴이 크게 나와서 나는 얼굴 생김새를 자세히 살펴볼 수 있었는데, 이마도 평범하고 그 이마의 주름살도 평범하고 눈썹도 평범하고 눈도 코도 입도 턱도…….
정말이지 그 얼굴에는 표정만 없는 게 아니라 인상조차 없었다. 특징이 없는 것이다. 가령 내가 그 사진을 보고 눈을 감으면 벌써 난 그 얼굴을 잊어버리고 만다. 벽이나 작은 화로는 생각나는데 방 주인의 인상은 아무리 노력해도 떠오르지 않는다. 그림을 그릴 수 없는 얼굴이다. 만화로도 표현할 수 없는 얼굴이다. 눈을 떠 본다. '아, 이런 얼굴이었지. 생각났다' 같은 기쁨조차 없었다. 극단적으로 말하자면 눈을 뜨고 그 사진을 다시 봐도 얼굴이 생각나지 않는다. 그저 너무 불쾌하고 짜증이 나서 그만 눈을 돌리고 싶어진다.

소위 '죽을 상'이라는 것에도 어딘가 좀 더 표정이나 인상이 있을 텐데, 인간의 몸에 짐을 끄는 말 모가지라도 갖다 붙이면 이런 느낌이 들까. 아무튼 어딘가 모르게 보는 사람을 오싹하게 하면서 역겹게 만든다. 나는 지금까지 한 번도 이렇게 이상한 얼굴의 남자를 본 적이 없다.

첫 번째 수기

너무나 부끄러운 인생을 살았습니다.

저는 인간의 삶을 잘 모르겠습니다. 저는 동북 지방의 시골에서 태어났기 때문에 기차를 처음 본 것은 꽤 성장하고 나서였습니다. 정거장에 있는 육교를 오르내리면서도 그것이 선로를 건너기 위해 만들어졌다는 사실을 전혀 알아차리지 못했고, 단지 그것이 정거장 주변을 외국의 놀이터처럼 복잡하고 즐겁게, 돋보이게 만들기 위하여 설치한 것으로만 생각하고 있었습니다. 게다가 꽤 오랫동안 그렇게 믿고 있었습니다. 오히려 저는 육교를 오르내리는 것을 제법 세련된 놀이로, 철도청의 서비스 중에서도 가장 효율적인 서비스 중 하나라고 생각하고 있었습니다. 그러나 나중에 그것은 단지 손님들이 선로를 건너기 위한 아주 실리적인 계단에 불과하다는 사실을 알고는 흥이 깨졌습니다.

또한 저는 어렸을 때 그림책에서 지하철이라는 것을 보고 이것도 역시 실리적인 필요로 고안된 것이 아니라, 지상에서 차를 타는 것보다 지하에서 차를 타는 게 더 신기하고 재미있는 놀이라고만 생각했습니다.

저는 어렸을 때부터 몸이 약해서 자주 앓아누웠습니다. 누워 있으면서 요 커버, 베개 커버, 이불 커버 등을 그야말로 쓸데없는 장식이라고 생각했으나, 스무 살 무렵이 되어서야 이것들이 의외의 실용품이라는 사실을 알고는 인간의 검소함에 암담해지고 서글픈 마음이 들었습니다.

또한 저는 '공복감'이라는 것을 몰랐습니다. 아니 그것은 제가 의식주에 부족함이 없는 집에서 자랐다는 그런 당치 않은 뜻이 아니고, 저로서는 공복이 어떤 감각인지 전혀 알 수 없었던 것입니다. 이상한 소리 같겠지만 배가 고파도 저는 그 사실을 깨닫지 못했습니다. 초등학교, 중학교 때에 제가 학교에서 돌아오면 주위 사람들이 "아휴, 배고프지? 우리도 그랬거든. 학교에서 돌아오면 배가 얼마나 고픈지 몰라. 아마낫토[2] 먹을래? 카스테라랑 빵도 있어" 하고 법석을 떨기에 저는 타고난 아부 정신을 발휘해서 "배고파" 하고 중얼거리고는 아마낫토를 열 개 정도 입에 집어넣었습니다만 공복감이 어떤 것인지는 전혀 몰랐습니다.

저도 물론 아주 잘 먹습니다. 그러나 배가 고파서 먹은 기억은 별로 없습니다. 진귀하다는 음식을 먹어 보고 고급스러운 음식도 먹었습니다. 또한 남의 집에 갔을 때 나온 음식을 억지로라도 거의 다 먹었습니다. 그래서 어릴 적에 가장 괴로웠던 시간이 바로 우리 집 식사 시간이었습니다.

2 팥, 강낭콩, 누에콩 따위를 삶아 졸여 설탕에 버무린 과자.

우리 시골집에서는 열 명 가족이 전부 각자 개인 밥상을 두 줄로 늘어놓고 마주 앉아 먹었습니다. 막내인 저는 물론 맨 끝자리였습니다. 식사를 하는 방은 어두침침했는데 점심때가 되어 열 명의 식구들이 그저 묵묵히 밥을 먹는 모습에 저는 늘 으스스 소름이 돋았습니다. 더구나 고풍스럽고 완고한 시골 집안이라 대체로 반찬도 정해져 있어서, 별미나 고급스러운 것은 기대할 수도 없었기에 결국 저는 점점 식사 시간이 두려워졌습니다. 그 어두컴컴한 방 맨 끝자리에 앉아 추위에 덜덜 떠는 듯한 심정으로 밥을 조금씩 입에 쑤셔 넣으며 '인간은 어째서 하루에 세 번 꼬박꼬박 밥을 먹는 걸까, 정말로 모두 엄숙한 얼굴로 먹는구나, 이것도 일종의 의식 같은 것이어서 가족들이 매일 세 번씩 시간을 정해 어두컴컴한 방에 모여서 밥상을 질서정연하게 늘어놓고, 먹기 싫어도 말없이 밥알을 씹는 것은 집 안에 떠다니는 영혼들에게 고개를 숙이고 기도하기 위한 것일지도 모르겠다'는 생각을 할 정도였습니다.

밥을 먹지 않으면 죽는다는 말은 제 귀에는 단지 못된 위협으로만 들렸습니다. 그러나 그 미신은(지금도 저는 어쩐지 미신처럼 느껴집니다만) 언제나 저에게 불안과 공포를 안겨 주었습니다. 인간은 밥을 먹지 않으면 죽기 때문에 일을 해서 먹고살아야 한다는 말처럼 난해하고도 모호하며 협박성 짙은 말은 없었던 것입니다.

즉 저는 아직도 인간의 삶을 전혀 모른다는 이야기가 되겠지요. 제가 가진 행복의 개념과 세상 사람들의 행복의 개념이 전혀 다른 듯한 불안, 저는 그 불안 때문에 밤마다 이리저리 뒤척이고 신음하며 발광할 뻔한 적도 있습니다. 저는 과연 행복한 걸까요? 저는 어렸을 때부터 정말로 행운아라는 말을 많이 들었지만, 저 자신은 항상 지옥 같은 마음이어서 오히려 저를 행운아라고 말하는 사람들이 저와 비교도 안 될 만큼 훨씬 더 안락해 보였습니다.

저에게는 재앙 보따리가 열 개나 있는데 그중 하나라도 옆 사람이 짊어지게 되면 그 사람은 그 하나만으로도 충분히 목숨을 재촉하는 결과에 이르지 않을까 생각한 적도 있습니다.

다시 말해, 모르겠습니다. 주변 사람들이 겪는 고통의 성질이나 정도가 전혀 짐작이 가지 않습니다. 실질적인 고통, 단지 밥만 먹을 수 있다면 해결되는 고통, 그러나 그것이야말로 가장 지독한 고통으로 제가 가진 열 개의 재앙 따위는 단번에 날려 버릴 정도로 처참한 아비지옥일지도 모르지요. 그건 모르겠습니다. '그렇다 해도 자살도 하지 않고, 미치지도 않고, 정치를 논하며 절망하지도 않고, 굴하지 않고 삶의 투쟁을 계속할 수 있다는 건 괴롭지 않다는 의미 아닐까? 더구나 그것을 당연한 것으로 확신하고는 철저히 에고이스트가 되어 단 한 번도 자신을 의심해 본 적이 없는 게 아닐까? 그렇다면 편하겠지. 그러나 인간이란 모두 그렇기 때문에 그 자체만으로 더할 나위 없는 완벽한 존재가 아닐까……? 모르겠다……. 밤에 푹 자면 아침에는 상쾌할까? 어떤 꿈을 꿀까? 길을 걸으면서 무슨 생각을 할까? 돈? 설마 그것만은 아니겠지. 인간은 먹기 위해 산다는 말은 들어 봤어도 돈을 위해 산다는 말은 들어 본 적이 없다. 아니, 그러나 경우에 따라서는 아니, 그것도 잘 모르겠다.' 생각을 하면 할수록 알 수가 없어서 나 혼자만 완전 별난 놈인 것 같은 불안과 공포에 휩싸일 뿐입니다. 저는 주위 사람들과 제대로 이야기를 나누지 못합니다. 무슨 말을 어떻게 하면 좋을지 모르기 때문이지요.

그래서 생각해 낸 것이 어릿광대짓입니다.

그것이 인간에 대한 저의 최후의 구애였습니다. 저는 인간을 극도로 두려워하면서도, 도저히 인간을 단념할 수 없었습니다. 저는 이 어릿광대짓이라는 끈 하나로 간신히 인간관계를 이어 갈 수 있었습니다. 겉으로는 항상 웃는 얼굴을 하고 있지만 속으로는 필사적인, 그야말로 천 번에 한 번 성공할까 말까 한 위기일발의 진땀 나는 서비스였습니다.

저는 어릴 때부터 가족들마저도 그들이 얼마나 힘들고 무슨 생각을 하면서 사는지 전혀 짐작할 수 없었고, 단지 두려움과 어색함을 견디지 못하여 어릿광대짓이 능수능란해졌습니다. 결국 저는 어느 사이엔가 한마디도 진실을 이야기하지 않는 아이가 되었습니다.

그 무렵 가족들과 함께 찍은 사진을 보면 다른 사람들은 모두 진지한 얼굴을 하고 있는데 꼭 저 혼자만 기묘하게 얼굴을 일그러뜨리며 웃고 있습니다. 이것 역시 유치하고 서글픈 저의 어릿광대짓의 일종이었습니다.

또한 저는 가족들에게 꾸중을 들어도 말대꾸를 한 적이 한 번도 없습니다. 사소한 꾸지람이라도 청천벽력처럼 강렬하게 느껴져 미칠 것 같았는데, 말대꾸는커녕 그 꾸지람이야말로 소위 '만세일계' 처럼 영원히 같은 혈통을 계승해 온 인간의 진리가 틀림없다고 생각했습니다. 나에게는 그 진리를 수행할 능력이 없으니까 더 이상 인간과 함께 살 수 없는 것이 아닐까 하고 생각했습니다. 그렇기에 저는 언쟁도 자기변명도 할 수가 없었습니다. 남들에게 욕을 먹으면 아무래도 제가 심한 오해를 한 것 같아 언제나 그 공격을 잠자코 받아들이기 일쑤였고 내심 미칠 듯한 공포를 느꼈습니다.

그야 누구라도 남이 자기를 비난하거나 화를 내면 기분 좋을 리가 있겠습니까만, 저는 화를 내는 사람들의 얼굴에서 사자보다 악어보다 용보다 더 무시무시한 동물의 본성을 보았습니다. 평소에는 그 본성을 감추고 있는 듯해도 가령 소가 초원에서 얌전히 자고 있다가 갑자기 꼬리로 배에 앉은 등에를 찰싹 쳐서 죽이듯이, 인간의 무시무시한 정체를 분노라는 형태로 드러내는 모습을 보고 저는 언제나 머리카락이 곤두설 정도로 전율을 느꼈습니다. 더구나 이 본성 또한 인간이 살아가는 데 필요한 자격 가운데 하나일지 모른다고 생각하니 저 자신에 대한 절망감을 맛봐야 했습니다.

늘 인간에 대한 공포로 벌벌 떨며 인간으로서 제 언행에 대해 최소한의 자신감도 갖지 못했습니다. 혼자만의 고뇌는 가슴속 작은 상자에 감춰 두고 그 우울과 불안을 꼭꼭 숨기고, 또 숨긴 채 오로지 천진난만한 낙천가인 양 위장하며 저는 점차 익살스러운 별난 아이로 완성되어 갔습니다.

어쨌거나 웃기기만 하면 된다. 그러면 인간들은 내가 그들의 이른바 '생활' 밖에 있어도 그다지 신경 쓰지 않겠지, 아무튼 인간들의 눈에 거슬려서는 안 된다, 나는 무無다, 바람이다, 허공이다, 그런 생각만 격해져서 저는 어릿광대짓으로 가족들을 웃기고 또한 가족들보다 더 불가사의하고 두려운 머슴이나 하녀에게까지 필사적으로 어릿광대짓 서비스를 했습니다.

저는 여름에 유카타 안에 빨간 스웨터를 입고 복도를 걸어 다니며 집안사람들을 웃겼습니다. 좀처럼 웃지 않는 큰형도 그것을 보고 웃음을 터뜨리며 "어이, 요조, 안 어울려" 하고 귀여워 어쩔 줄 모르겠다는 듯이 말했습니다. 그렇다고 저도 한여름에 스웨터를 입고 다닐 정도로 더위와 추위를 모르는 괴짜는 아닙니다. 누나의 레깅스를 양팔에 끼고 유카타의 소매 밖으로 보이게 하여 스웨터를 입고 있는 것처럼 가장했던 것입니다.

제 아버지는 도쿄에 볼일이 많은 분으로 우에노 사쿠라기초에 별장을 가지고 있어서 한 달 중 대부분을 그 도쿄의 별장에서 지냈습니다. 그리고 돌아올 때면 가족뿐만 아니라 친척 것까지 실로 엄청난 선물을 사 오는 게 아버지의 취미와도 같은 것이었습니다. 언젠가 상경하시기 전날 밤, 아버지는 자식들을 응접실에 모아 놓고, 이번에 돌아올 때는 무슨 선물이 좋을지 한 사람 한 사람에게 웃으며 묻고는, 아이들의 대답을 일일이 수첩에 적어 넣으셨습니다. 아버지가 자식들을 이렇게 다정하게 대하시는 것은 드문 일이었습니다. "요조는?" 그렇게 물으셨을 때 저는 머뭇거리며 말을 우물거리고 말았습니다.

무엇이 갖고 싶으냐는 물음에 그 즉시 아무것도 갖고 싶지 않게 되었습니다. 아무래도 상관없다, 어차피 나를 즐겁게 해 줄 건 없어, 그런 생각이 불쑥 들었습니다. 동시에 남이 주는 건 아무리 제 취향에 맞지 않아도 거절을 못 했습니다. 싫으면 싫다고 말하지 못하고 좋아하는 일도 쭈뼛쭈뼛 도둑질하듯이 하며 극도의 씁쓸함을 맛보았지요. 그러고는 알 수 없는 공포감에 휩싸여 괴로워했습니다. 즉 저에게는 양자택일의 능력조차 없었던 것입니다. 이러한 성격이 훗날 소위 저의 '부끄러운 인생'에 중대한 원인이 된 것 같습니다.

제가 아무 말 없이 머뭇거리자 아버지는 약간 불쾌한 표정으로 "역시 책이냐? 아사쿠사 절 앞 가게에서 아이들이 쓰고 놀기에 알맞은 크기의 설날 사자춤 탈을 팔고 있던데 갖고 싶지 않아?"

"갖고 싶지 않아?"라는 말을 들었다면 이제 틀렸습니다. 어릿광대 같은 대답이고 뭐고 할 수 없게 됩니다. 저의 어릿광대 노릇은 완전히 낙제점입니다.

"책이 좋을 겁니다."

큰형이 진지한 얼굴로 말했습니다.

"그래?"

아버지는 기분 잡친 표정으로 적지도 않고 수첩을 탁 덮었습니다.

'이 무슨 실수란 말인가! 나는 아버지를 화나게 했다. 아버지의 복수는 틀림없이 엄청날 것이다. 지금 당장 어떻게든 돌이킬 수 없을까.' 그날 밤 이불 속에서 부들부들 떨며 생각한 끝에 살그머니 일어나 응접실로 가서 아버지가 아까 수첩을 넣어 두신 책상 서랍을 열고 수첩을 꺼내 책장을 넘겨서 선물 목록 부분을 찾아 수첩에 달린 연필에 침을 묻혀 '사자탈'이라고 쓴 다음 잤습니다. 저는 그 사자탈을 전혀 갖고 싶지 않았습니다. 오히려 책이 더 좋았습니다. 하지만 저는 아버지께서 그 사자탈을 저에게 사 주고 싶어 하신다는 사실을 알고, 아버지 뜻에 맞추어 아버지의 노여움을 풀어 드리려고 한밤중 응접실에 몰래 숨어 들어가는 모험을 감행했던 것입니다.

그리하여 이러한 저의 비상 수단은 과연 예상대로 대성공을 거두었습니다. 얼마 안 있어 아버지가 도쿄에서 돌아오시더니 어머니께 큰 소리로 말씀하시는 것을 제 방에서 들었습니다.

"아사쿠사 절 앞 장난감 가게에서 이 수첩을 펼쳐 보니까, 이것 봐, 여기 '사자탈'이라고 쓰여 있잖아. 이건 내 글씨가 아닌데, 뭐지? 하고 고개를 갸웃하다가 퍼뜩 생각이 났지. 이건 요조의 장난이야. 그 녀석, 내가 물었을 때는 히쭉 웃으며 잠자코 있더니 나중에 아무래도 사자탈이 갖고 싶어서 견딜 수 없었던 모양이야. 녀석은 여간 별난 게 아니라니까. 시치미 딱 떼고는 여기에 또박또박 적어 놨어. 그렇게 갖고 싶으면 그렇다고 말을 하지. 장난감 가게 앞에서 웃고 말았네. 빨리 요조를 이리 불러와요."

또 한편으로 나는 머슴이나 하녀를 양실에 모아 놓고 머슴에게 피아노 건반을 마구 두드리게 하고는(시골이긴 하지만 우리 집에는 뭐든 다 갖춰져 있었습니다) 저는 그 엉터리 곡에 맞추어 인디언 춤을 추어 모두를 포복절도하게 만들었습니다. 둘째 형은 플래시를 터뜨리며 저의 인디언 춤을 찍었는데, 현상된 그 사진을 보니 제가 허리에 두른 천(그것은 사라사 보자기였습니다) 사이로 자그만 고추가 보였기 때문에 이게 또 온 집안의 웃음거리였습니다. 저에게는 이 또한 뜻밖의 성공이라 하겠습니다.

저는 매달 신간 소년 잡지를 열 권 넘게 구독했고, 그 외에도 다양한 책을 도쿄에 주문해서 묵묵히 읽고 있었기 때문에 '메차라쿠차라 박사'라든지 '난자몬자 박사'랑은 꽤 친숙했습니다. 게다가 괴담, 무협, 만담, 에도 옛이야기도 꽤 잘 알고 있었기 때문에 진지한 얼굴로 우스꽝스러운 이야기를 하여 집안사람들을 웃기기에는 부족함이 없었습니다.

그렇지만 아아, 학교!

학교에서 저는 존경을 받는 지경이었습니다. 존경을 받는다는 개념 또한 저를 몹시 두렵게 했습니다. 거의 완벽에 가까울 정도로 남들을 속이다가 전지전능한 자에게 간파당하여 산산조각이 나서 죽는 것보다 더 창피를 당하는 것, 그것이 '존경받는다'에 대한 저의 정의였습니다. 인간을 속여 존경받아 봤자, 누군가 한 사람은 알고 있다, 그리고 다른 사람들이 그의 말을 듣고 속은 것을 알아차렸을 때 그때의 분노와 복수는 정말이지 도대체 어느 정도일까? 상상만 해도 온몸의 털이 곤두서는 것 같습니다.

저는 부잣집에서 태어났다는 사실보다도 흔히 말하는 '공부를 잘한다'는 이유로 학교 안에서 존경을 받게 되었습니다. 저는 어렸을 때부터 병약하여 한 달이나 두 달 혹은 1년 가까이 드러누워 학교를 쉬곤 했습니다. 그래도 병을 앓고 난 몸으로 인력거를 타고 학교에 가서 학기말 시험을 치면 우리 반 누구보다 성적이 좋았습니다. 건강이 좋을 때도 전혀 공부를 하지 않았고, 학교에 가더라도 수업 시간에 만화 따위를 그려서 쉬는 시간이면 그것을 반 아이들에게 설명하며 웃겼습니다. 또한 작문 시간에는 우스갯소리만 써서 선생님께 주의를 들어도 저는 그만두지 않았습니다. 선생님도 사실은 은근히 저의 그 우스운 이야기를 재미있어한다는 사실을 저는 알고 있었습니다. 어느 날, 저는 여느 때처럼 제가 어머니를 따라 상경하던 도중 기차에서 객차 통로에 놓인 가래통에 오줌을 누어 버린 실수담을(그러나 그때 저는 그게 가래통인 줄 모르고 한 짓이 아닙니다. 어린아이처럼 순진한 척 일부러 그렇게 했습니다) 고의로 슬픈 필치로 써서 냈습니다. 틀림없이 선생님이 웃을 것이라는 자신감에 차 있었기에 교무실로 돌아가는 선생님 뒤를 살짝 쫓아가 보았습니다. 선생님은 교실을 나서자마자 즉시 저의 그 작문을 다른 학생들의 작문 속에서 찾아내 복도를 걸으며 읽기 시작하더니 큭큭 웃으시는 겁니다. 이윽고 교무실로 들어가더니 다 읽었는지 얼굴이 벌게져 큰 소리로 웃으시며 다른 선생님에게 얼른 그것을 보여 주었습니다. 저는 그러한 장면을 확인하고 무척 만족했습니다.

장난꾸러기.

저는 소위 장난꾸러기로 보이는 데 성공했습니다. 존경받는 것에서 벗어나는 데 성공했습니다. 성적표는 전 과목 모두 10점 만점이었지만 품행만큼은 6점이나 7점이었기에 그 또한 온 집안의 웃음거리였습니다.

하지만 저의 본성은 그런 장난꾸러기 같은 것과는 완전히 대조적이었습니다. 그 무렵 이미 저는 하녀나 머슴에게 애처로운 짓을 배웠고 능욕을 당했습니다. 어린아이에게 그런 짓을 하는 것은 인간이 저지르는 범죄 중에서도 가장 추악하고 비열하며 잔혹하다고 지금도 생각하고 있습니다. 그러나 저는 참았습니다. 이런 제 모습에서 또 하나 인간의 본질을 본 것 같아서 힘없이 웃었습니다. 만약 저에게 진실을 이야기하는 습관이 있었더라면, 겁내지 않고 그들의 범죄를 아버지나 어머니에게 호소했을지도 모르겠습니다. 그러나 저는 아버지나 어머니조차 온전히 이해할 수가 없었습니다. 저는 남에게 호소하는 방법에는 조금도 기대를 하지 않았습니다. '아버지에게 호소해도 어머니에게 호소해도 경찰에 호소해도 정부에 호소해도 결국은 처세가 뛰어난 사람의 말을 이길 수가 없으니까.'

'틀림없이 편파적일 게 뻔하다.' 어차피 남들에게 호소해야 아무 소용없는 일이었습니다. 역시 저는 사실을 사실대로 말하지 못한 채 꾹 참고 어릿광대짓을 계속할 수밖에 달리 방법이 없다고 생각했습니다.

'뭐야, 인간에 대한 불신을 말하는 거야? 어쭈? 네가 언제부터 크리스천이었다고?' 하고 조소할 사람도 간혹 있을지 모르겠습니다.

하지만 저는 인간에 대한 불신이 반드시 종교의 길로 통하는 건 아니라고 봅니다. 그렇지만 현실은 그렇게 비웃는 사람들조차 서로 불신하며 여호와고 뭐고 전혀 생각지 않고 태연히 살고 있지 않습니까? 역시 제가 어렸을 때의 일입니다만 아버지가 속해 있던 정당의 유명인이 이 마을에 연설하러 왔기에 저는 머슴들을 따라 극장에 갔습니다. 극장은 만원으로 이 마을에서 특히 아버지와 친하게 지내시는 분들의 얼굴은 전부 보였고 큰 박수를 치고 있었습니다. 연설이 끝나고 청중들은 눈 오는 밤길을 삼삼오오 모여 집으로 돌아오는데 그날 밤 연설에 대하여 마구 험담을 하는 것이었습니다. 그중에는 아버지와 각별한 사람들의 목소리도 섞여 있었습니다. 아버지의 개회사도 형편없었고, 그 유명인의 연설도 무슨 소리인지 도무지 알 수가 없었다고, 이른바 아버지의 '동지들'이 화난 어조로 말하고 있었습니다. 하지만 그 사람들은 저의 집에 들러 응접실에 들어와서는, 오늘 밤의 연설회는 대성공이었노라고 진심으로 기뻐하는 얼굴로 아버지께 말했습니다. 오늘 밤 연설회는 어땠냐는 어머니의 질문에 머슴들까지 아주 재미있었다고 대답하고는 시치미를 뚝 떼고 있었습니다. 사실 그 머슴들은 돌아오는 내내 연설회처럼 따분한 것은 없다며 탄식을 했었습니다.

그러나 이러한 것들은 아주 사소한 일례에 불과합니다. 서로 속이지만 희한하게도 아무도 상처를 입지 않습니다. 서로 속이고 있다는 사실조차 깨닫지 못하는 듯 참으로 산뜻한, 그야말로 맑고 밝고 명랑한 불신의 예가 인간 생활에 충만한 것 같습니다. 하지만 저는 사람들이 서로 속고 속인다는 사실에는 그다지 관심이 없습니다. 저 역시도 어릿광대짓을 하며 아침부터 밤까지 남들을 속이고 있으니까요. 저는 '수신(도덕) 교과서'에 나오는 정의正義라나 뭐라나 하는 도덕에는 별 관심이 없습니다. 저는 서로 속이면서도 맑고 밝고 명랑하게 살아가거나 그렇게 살아갈 자신이 있는 것처럼 보이는 인간이 난해할 뿐입니다. 사람들은 저에게 끝내 그 요령을 가르쳐 주지 않았습니다. 그것만 알았더라면 저는 인간을 이처럼 두려워하거나, 죽을힘을 다해 서비스하지 않아도 되었을 텐데요. 인간 생활과 대립하며 밤마다 지옥과도 같은 고통을 맛보지 않아도 됐겠지요. 즉 제가 머슴이나 하녀의 가증스러운 범죄조차 누구에게도 호소하지 않은 것은 인간에 대한 불신 때문이 아닙니다. 물론 그리스도 사상 때문도 아니며, 인간들이 요조라는 저에 대한 신뢰의 외피를 꽉 닫아놓았기 때문이라고 생각합니다. 부모님마저 제가 이해할 수 없는 행동을 이따금 보이셨으니까요.

그리하여 누구에게도 호소하지 못하는 저의 고독을 수많은 여성이 본능적으로 감지했는데 그것이 훗날 제 허점을 이용당하는 원인이 된 것 같다는 생각이 들기도 합니다.

즉 여성들은 저를 연애의 비밀을 지켜 줄 남자로 보았습니다.

두 번째 수기

바닷가, 파도가 들이칠 듯 바다와 가까운 해변에 검은 밤색 껍질의 우람한 산벚나무가 스무 그루 이상이나 늘어서 있어, 새 학년이 시작되면 그 산벚나무는 갈색의 끈적한 어린잎과 함께 푸른 바다를 배경으로 현란한 꽃을 피웁니다. 이윽고 꽃보라가 날리면 바다에 꽃잎이 무수히 떨어져 마치 수면에 뿌려 놓은 듯 떠다니다가 파도를 타고 다시 바닷가로 되돌아오는 그 벚꽃 모래사장을 교정으로 사용하고 있는 동북 지방의 어느 중학교에 저는 시험공부도 별로 하지 않았는데 그럭저럭 무사히 입학할 수 있었습니다. 그 중학교 모자의 휘장과 교복 단추에도 벚꽃이 피어 있었습니다.

그 근처에 우리 집안과 먼 친척뻘 되는 사람의 집이 있었는데 그런 이유로 아버지는 벚나무가 있는 바닷가의 중학교를 저에게 골라 주셨습니다. 저는 그 집에 맡겨졌고 학교가 바로 옆이었기에 조회 종소리를 듣고서야 내달려 등교하는 무척 게으른 중학생이었습니다. 그래도 예의 그 어릿광대짓으로 나날이 반에서 인기를 얻었습니다.

난생처음으로 이른바 타향에 나간 셈이지만 저는 그곳이 고향보다 훨씬 편안한 장소로 느껴졌습니다. 그 무렵에는 저의 광대짓도 몸에 완전히 배어 남을 속이는 데 이전처럼 힘들지 않게 되어서라고 설명할 수도 있겠지요. 그렇지만 제아무리 천재라 해도 육친과 타인, 고향과 타향, 거기에서는 연기를 하는 데 피할 수 없는 난이도의 차를, 가령 하느님의 아들인 예수라 하더라도 겪지 않을까요? 배우가 가장 연기하기 힘든 장소는 고향의 극장일 것이고 더구나 일가친척이 모두 한자리에 모인 방 안이라면 어떤 명배우라도 연기를 제대로 할 수 없지 않을까요? 하지만 저는 연기를 해 왔습니다. 더구나 그것이 꽤 성공을 거두었습니다. 그 정도의 실력자가 타향에 나가 살면서 만에 하나라도 연기를 잘 못하는 일은 있을 리가 없습니다.

인간에 대한 저의 공포는 예전 못지않게 가슴속에서 강렬하게 꿈틀거렸지만 연기는 정말로 능수능란해져 교실에서는 언제나 반 아이들을 웃게 만들었고, 선생님도 이 반은 오바[3]만 없으면 참 괜찮은 반일 텐데, 하며 말로는 탄식하면서도 손으로는 입을 가리고 웃었습니다. 저는 우렛소리를 내지르는 교련 담당 장교까지도 아주 간단히 웃길 수 있었습니다.

이제는 나의 정체를 완벽하게 은폐할 수 있게 되었나 보다 하고 안도의 한숨을 쉬려는 순간 저는 정말 뜻밖에도 등 뒤에서 푹 찔렸습니다. 등 뒤에서 습격하는 사내들이 다 그렇듯이 그 녀석은 반에서 가장 빈약한 몸집에 얼굴도 창백하며, 또한 아버지나 형이 입

3 화자의 성. 이름은 요조.

던 옷을 물려 입은 듯 분명 소매가 쇼토쿠 태자의 옷처럼 늘어진 긴 윗도리를 입고, 공부는 전혀 못하며, 교련이나 체조는 언제나 참관만 하는 백치에 가까운 학생이었습니다. 저 역시 그 아이만큼은 경계할 필요를 못 느끼고 있었습니다.

그날 체조 시간에도 그 아이는(성은 기억나지 않지만 이름은 다케이치로 기억하고 있습니다) 여전히 참관을 했고 우리는 철봉 연습을 했습니다. 저는 일부러 최대한 엄숙한 얼굴로 철봉을 향해 "얍!" 하고 외치며 뛰어오르고 그대로 멀리뛰기를 하듯이 앞으로 날아가 모래밭에 쿵 하고 엉덩방아를 찧었습니다. 다 계획적인 실패였습니다. 과연 모두의 웃음거리가 되었고 저 역시 쓴웃음을 지으며 일어나 바지에 묻은 모래를 털고 있으려니 언제 왔는지 다케이치가 제 등을 쿡쿡 찌르며 낮은 목소리로 속삭였습니다.

"일부러 그런 거지?"

저는 충격에 휩싸였습니다. 일부러 실패했다는 사실을 하필이면 다케이치에게 들키다니, 전혀 생각도 못 한 일이었습니다. 일순간에 저는 세상이 지옥불에 활활 타는 모습을 눈앞에 보는 듯하여 "으악!" 하고 소리치며 발광할 것 같은 기분을 애써 억눌렀습니다.

이후 계속된 불안과 공포의 나날들.

겉으로는 여전히 서글픈 어릿광대짓을 연기해서 모두를 웃겼지만 나도 모르게 후우 하고 무거운 한숨이 나왔습니다. 무슨 짓을 하든 다케이치가 낱낱이 알아챌 것이고, 그가 곧 모두에게 그걸 떠들고 다닐 것을 생각하니 이마에 진땀이 나서 미친 사람처럼 묘한 눈초리로 주위를 두리번두리번 멀거니 둘러보게 되었습니다. 가능하다면 아침, 점심, 저녁 24시간 내내 다케이치의 곁을 떠나지 않고 그가 비밀을 누설하지 못하게 감시하고 싶은 심정이었습니다. 그리하여 제가 그에게 붙어 있는 동안 내 어릿광대짓이 소위 '일부러 한 행동'이 아니라 진짜라고 믿도록 온 힘을 기울여 성공하면 그와 둘도 없는 친구가 되고 싶다거나 만일 그럴 수 없다면 그때는 그가 죽기를 기도할 수밖에 없다는 생각까지 했습니다. 그래도 그를 죽여야겠다는 생각만큼은 들지 않았습니다. 저는 지금까지 살아오면서 남의 손에 죽고 싶다고 바란 적은 셀 수 없이 많지만 남을 죽이고 싶다고 생각한 적은 한 번도 없었습니다. 그런 행위는 오히려 나에게 두려움을 주는 상대방에게 행복을 안겨줄 뿐입니다.

저는 그를 내 편으로 만들기 위해 우선 얼굴에 가짜 크리스천처럼 '선한' 미소를 띠고 고개를 30도 정도 왼쪽으로 기울이고는 그의 조그만 어깨를 가볍게 끌어안으며 간사함이 녹아 있는 달콤한 목소리로 우리 하숙집에 한번 놀러 오라고 종종 말을 건넸지만 그는 언제나 멍한 눈초리로 잠자코 있었습니다. 그러다가 초여름의 어느 날 방과 후로 기억합니다. 소나기가 세차게 쏟아져 다른 아이들은 집에 못 가고 발이 묶여 있었지만 저는 집이 바로 근처였기 때문에 개의치 않고 밖으로 뛰쳐나가려는 순간 신발장 옆에 다케이치가 풀이 죽어 서 있는 모습을 보았습니다. "같이 가자. 우산 빌려줄게"라고 나는 말하고 망설이는 다케이치의 손을 이끌고 함께 소낙비 속을 달렸습니다. 집에 도착해서 우리 둘의 윗도리를 말려 달라고 아줌마에게 부탁하고 그를 2층 제 방으로 끌어들이는 데 성공했습니다.

그 집에는 쉰이 넘은 아줌마, 서른 살 정도 된 안경 쓰고 병약해 보이는 키가 큰 맏딸(이 딸은 시집을 한 번 갔다가 다시 집에 돌아온 사람이었습니다. 저는 이 사람을 이 집 식구들처럼 '언니'라고 불렀습니다), 최근에 여학교를 갓 졸업한 세쓰코라는, 언니와 달리 키가 작고 얼굴이 동그란 여동생, 이렇게 식구가 세 명뿐이었습니다. 아래층 가게에 문구류와 운동용품을 약간 진열해 놓았는데, 주된 수입은 돌아가신 아버지가 지어 놓은 임대주택 대여섯 채의 집세인 모양이었습니다.

"귀가 아파."

다케이치는 선 채로 말했습니다.

"비를 맞았더니 아프네."

제가 들여다보니 양쪽 귀가 심하게 곪아 있었습니다. 당장이라도 고름이 귓바퀴 밖으로 흘러나올 듯했습니다.

"이거 안 되겠다. 아프겠어."

하며 저는 과장되게 놀란 척하며 말했습니다.

"비 오는데 억지로 끌고 와서 미안해."

여자 같은 말투로 '다정하게' 사과하고는 아래층에 내려가 솜과 알코올을 얻어다 다케이치를 제 무릎에 눕히고 정성스럽게 귀를 닦아 주었습니다. 다케이치도 정말이지 이것이 위선에 찬 계략이라는 사실은 눈치채지 못한 듯

"여자들이 너한테 완전 반하겠다."

하고 제 무릎을 베고 누운 채 무지에 찬 아첨을 떨 정도였습니다. 그러나 이 말은 아마 다케이치 자신도 의식하지 못했을 정도로 무서운 악마의 예언이었다는 사실을 저는 나중에 깨달았습니다. 내가 반한다거나 누군가 내게 반한다는 말은 몹시 천박하고 저질스러우며 정말이지 우쭐거리는 느낌이어서 아무리 '엄숙'한 자리라도 그

말이 불쑥 얼굴을 내밀면 순식간에 우울의 가람伽藍[4]이 붕괴되면서 싱겁게 되어 버릴 것 같은 느낌이 듭니다. 그러나 '여자들이 반해서 괴로움' 따위의 속된 말이 아니라 '사랑받는 불안'과 같은 문학어文學語로 말하면 절대 우울의 가람이 무너지지 않을 것 같으니 참 묘한 일이죠.

제가 귀의 고름을 닦아 주자 다케이치는 여자들이 너에게 반할 거라는 바보 같은 아부를 했고, 저는 그때 그저 얼굴을 붉히고 웃으며 아무런 대답도 하지 못했습니다만 사실은 어렴풋이 마음에 짚이는 것이 있었습니다. 그러나 '반한다'라는 상스럽고 천한 말에서 느껴지는 우쭐거리는 분위기를 놓고, 그렇게 듣고 보니 마음에 짚이는 것이 있다는 식으로 쓰는 것은 만담에 등장하는 도련님의 대사조차 될 수 없을 만큼 어리석은 감회를 나타내는 말 같지만, 저는 정말이지 그런 천박하고 우쭐한 기분에서 '마음에 짚이는 것이 있다'고 말한 게 아닙니다.

저는 남성보다 여성이 몇 배나 훨씬 난해합니다. 우리 가족은 여성의 수가 남성보다 많고 또한 친척도 여자가 많고 또한 가증스러운 '범죄'를 저지른 하녀도 있는 데다 저는 어렸을 때부터 여자들하고만 놀며 자랐다고 해도 과언이 아니라고 생각합니다. 그러나 그 여자들과는 살얼음을 밟는 느낌으로 지냈습니다. 정말로 전혀 짐작이 가지 않습니다. 오리무중이고 때로는 호랑이 꼬리를 밟는 실수를 저질러 심한 상처를 입었습니다. 그것이 또한 남자들에게 당하는 타격과 다르게 내출혈처럼 극도로 불쾌하게 속으로 퍼지는 탓에 좀처럼

4 절, 사찰.

치유하기 힘든 상처였습니다.

여자는 자기가 끌어당기다가도 밀쳐 내고, 또 남이 있는 곳에서는 저를 경멸하고 냉대하다가도 아무도 없으면 꽉 껴안는다, 여자는 죽은 듯이 깊은 잠을 잔다, 잠자기 위해 사는 게 아닐까, 그 밖에도 저는 이미 어렸을 때부터 여자에 대해 갖가지 관찰을 했습니다만 인간인 듯하면서도 남자와는 전혀 다른 생물 같기도 한데 또 이 불가해하며 방심할 수 없는 생물이 기묘하게도 저에게 신경을 쓰는 것이었습니다. '반한다'는 말도 '좋아한다'라는 말도 제 경우에는 전혀 어울리지 않고, '관심을 받는다'고 하는 편이 오히려 실상을 설명하기에 적합할지 모릅니다.

여자는 남자보다 광대짓에 너그러운 것 같습니다. 제가 광대짓을 연출하면 남자들은 언제까지고 껄껄껄 웃지 않습니다. 게다가 저도 남자에게는 신명내서 광대짓을 하면 실패한다는 사실을 알고 있었기에 반드시 적당한 선에서 일단락을 맺으려고 조심하고 있었습니다. 그러나 여자는 적당함을 모르고 언제까지고 계속 저에게 광대짓을 요구했습니다. 저는 그 끝없는 앙코르에 응하느라 녹초가 되었습니다. 여자는 정말로 잘도 웃습니다. 대체로 여자란 남자보다 쾌락의 탐닉에 훨씬 더 열정적인 것 같습니다.

제가 중학교 시절에 신세를 진 그 하숙집 언니와 동생도 틈만 나면 2층 제 방에 올라왔고, 저는 그때마다 펄쩍 튀어 오를 정도로 기겁하여 두렵기만 했습니다.

"공부하니?"

"아니요."

미소로 대답하고 책을 덮습니다.

"오늘 학교에서 '몽둥이'라고 부르는 지리 선생님이……."

입에서 술술 흘러나오는 것은 마음에도 없는 우스갯소리였습니다.

"요조, 안경 좀 써 봐."

어느 날 밤, 동생 세쓰코가 언니와 함께 제 방에 놀러 와서 저의 광대짓을 실컷 구경한 다음 그런 말을 꺼냈습니다.

"왜?"

"글쎄 좀 써 보라니까. 언니 안경을 빌려서."

언제나 이런 난폭한 명령조로 말했습니다. 어릿광대는 고분고분 언니의 안경을 썼습니다. 그 순간 두 소녀는 데굴데굴 구르며 웃었습니다.

"똑같아, 로이드하고 똑같아."

당시 해럴드 로이드라는 외국 코미디언이 일본에서 인기가 있었습니다.

저는 일어서서 한 손을 들고

"여러분."

하고 말한 다음

"이번에 일본의 팬 여러분께……."

하며 한바탕 인사해서 더욱 박장대소하게 만들고는 로이드의 영화가 그 마을의 극장에 상영될 때마다 보러 가서 그의 표정 등을 몰래 연구했습니다.

또한 어느 가을밤, 제가 잠자리에서 책을 읽고 있을 때 언니가 새처럼 날쌔게 방 안에 들어오더니 느닷없이 제 이불 위에 쓰러져 울면서

"요조, 나를 도와줄 거지? 그치? 이런 집은 함께 나가 버리는 게 나아. 도와줘, 제발."

하며 격한 소리를 내뱉고는 또 우는 것이었습니다. 그러나 여자가 저에게 이런 태도를 보이는 건 처음이 아니었기에, 언니의 과격한 말에도 그다지 놀라지 않았고, 오히려 알맹이 없는 내용, 그 진부함에 흥이 깨져 이불에서 살짝 빠져나와서는 책상 위에 있던 감을 깎아 언니에게 한 조각 건네주었습니다. 그러자 언니는 훌쩍거리며 그 감을 먹고는

"뭐 재미있는 책 없니? 좀 빌려줘."

하고 말했습니다.

저는 소세키의 『나는 고양이로소이다』라는 책을 책장에서 골라 주었습니다.

"잘 먹었어."

언니는 부끄러운 듯이 웃으며 방에서 나갔습니다. 그러나 이 언니뿐만이 아니라 도대체 여자들이란 어떤 심정으로 살고 있는 걸까요? 그런 생각은 지렁이의 마음을 헤아리는 것보다 까다롭고 귀찮고 꺼림칙하게 느껴집니다. 다만 저는 여자가 그렇게 갑자기 울거나 하면, 뭔가 단것을 건네주면 그것을 먹고 기분이 좋아진다는 걸 어릴 때부터 경험으로 알고 있었습니다.

또한 동생 세쓰코는 자기 친구들까지 제 방으로 데리고 왔는데, 제가 여느 때처럼 공평하게 모두를 웃긴 다음 친구들이 돌아가면 그녀는 반드시 그 친구들을 험담했습니다. 그 아이는 불량소녀니까 조심하라는 말이죠. 그럴 거면 일부러 데려오지 않아도 되는데, 덕분에 제 방 손님은 대부분이 여자였습니다.

그러나 아직 "반할 거야"라고 한 다케이치의 아부가 실현된 것은 결코 아니었습니다. 즉 저는 그저 일본 동북 지방의 해럴드 로이드에 지나지 않았던 것입니다. 다케이치의 무지한 아부가 끔찍한 예언으로 생생히 되살아나 불길한 모습을 드러낸 것은 몇 년이 지나서였습니다.

다케이치는 저에게 또 하나의 중요한 선물을 주었습니다.

"도깨비 그림이야."

언젠가 다케이치가 2층 제 방에 놀러 왔을 때 갖고 온 원색판 삽화를 자랑스럽게 보이며 그렇게 말했습니다.

'아니?' 하는 느낌이 들었습니다. 그 순간 제 인생의 귀착점이 결정되었다는 생각이 이제 와 자꾸 듭니다. 저는 알고 있었습니다. 그것은 고흐의 유명한 자화상에 지나지 않는다는 사실을. 저희들의 소년 시절 일본에서는 프랑스의 이른바 인상파 그림이 대유행하여, 서양화 감상의 첫걸음은 보통 그러한 그림으로 시작했기에 고흐, 고갱, 세잔, 르누아르 같은 화가의 그림은 시골 중학생이라도 대체로 그런 사진집을 보고 알고 있었습니다. 저도 고흐의 원색판을 상당히 많이 봐서 미묘한 터치, 선명한 색채에 흥취를 느끼고 있었습니다. 그러나 한 번도 '도깨비 그림'이라고 생각한 적은 없었습니다.

"그럼 이건 어떠냐? 이것도 도깨비야?"

저는 책장에서 모딜리아니의 화집을 꺼내 햇볕에 그을린 구릿빛 피부의 나부상을 다케이치에게 보여 주었습니다.

"굉장하다!"

다케이치는 눈을 휘둥그렇게 뜨고 감탄했습니다.

"지옥의 말 같아."

"역시 도깨비야?"

"나도 이런 도깨비 그림을 그려 보고 싶어."

인간을 몹시 두려워하는 사람은 오히려 더 무시무시한 요괴를 자기 눈으로 확실히 보고 싶어 하는 심리, 쉽게 겁먹고 신경질적인 사람일수록 폭풍우가 더욱 거세지기를 바라는 심리, 아아, 이 일군의 작가들은 인간이라는 도깨비에게 상처 입고 위협받은 끝에 결국 환영幻影을 믿게 되어 한낮의 자연 속에서 생생하게 요괴를 본 것이다. 더구나 그들은 그것을 어릿광대 같은 짓으로 어물쩍 넘어가지 않고 보인 그대로를 표현하려 노력했고 다케이치가 말한 것처럼 과감하게 '도깨비 그림'을 그렸다. '여기에 장래의 나의 동료들이 있다'라는 생각에 저는 눈물이 날 정도로 흥분하여

"나도 그릴 거야. 도깨비 그림을 그릴 거야. 지옥의 말을 그릴 거야."

하고 무슨 까닭인지 목소리를 많이 낮춰 다케이치에게 말했습니다.

저는 초등학교 때부터 그림을 그리거나 감상하는 것을 좋아했습니다. 그러나 제 그림에 대한 평판은 작문만큼 좋지는 않았습니다. 저는 애당초 인간의 언어를 전혀 신용하지 않았고 작문은 저에게 그저 어릿광대의 인사말 같은 것이어서 초등학교에 이어 중학교 시절에도 여전히 선생님들을 미치도록 웃기면서도 저는 하나도 재미가 없었습니다. 그러나 그림만큼은(만화는 별개지만) 유치하지만 나만의 기법으로 나름 고심하여 대상을 표현했습니다. 학교의 그림 표본은 시시했고 선생님의 그림도 실망스러워서 저는 엉터리지만 여러 가지 표현법을 연구하고 시도하지 않으면 안 되었습니다. 중학교

때 저는 유화도구 세트를 가지고 있었습니다. 그러나 터치의 견본을 인상파 화풍을 따라 해봐도 제가 그린 것은 마치 '지요가미'[5]라는 전통 색지 공예처럼 입체감이 없어서 도무지 작품이 될 것 같지 않았습니다. 하지만 저는 다케이치의 말을 듣고서야 지금까지 회화를 대하는 저의 마음가짐이 완전히 잘못되었다는 것을 알게 되었습니다. 아름답다고 느낀 것을 그대로 아름답게 표현하려고 노력하는 안이함과 어리석음. 대가들은 아무것도 아닌 것을 자기 주관에 의해 아름답게 창조하거나 혹은 추악한 것에 역겨움을 느끼면서도 그에 대한 흥미를 감추지 않고 표현하는 기쁨에 잠겼는데, 즉 남들의 방식에 조금도 의지하면 안 된다는 프리머티브(원초적인) 화법의 비밀을 다케이치로부터 전수받았습니다. 그리고 날 찾아오던 여자 손님들에게는 숨긴 채 조금씩 자화상 제작에 착수했습니다.

저 자신도 기겁할 정도로 처참한 그림이 완성되었습니다. 그러나 '이것이야말로 내 가슴속 깊이 감추고 있던 내 실체다, 겉으로는 명랑하게 웃으며 남들을 웃기고 있지만 사실은 이런 음울한 마음을 지니고 있다, 어쩔 수 없지, 하고 내심 인정했지만 그 그림은 다케이치 말고는 누구에게도 보여 주지 않았습니다. 제 광대짓의 밑바닥에 있는 어둠과 비참함이 들통나 갑자기 차가운 경계를 받는 것도 싫었거니와, 이것이 제 정체인 줄 모르고 새로운 취향의 광대짓으로 간주되어 웃음거리가 될지 모른다는 염려도 있었나 봅니다. 그렇게 되면 그건 정말로 괴로운 일이었기에 그 그림은 곧바로 벽장 깊숙이 처박아 두었습니다.

5 여러 가지 무늬나 문양을 인쇄한 수공용 일본 종이.

또한 학교 미술 시간에도 저는 그 '도깨비 화법'을 숨기고, 지금까지 해 온 대로 아름다운 것을 아름답게 그리는 식의 평범한 터치로 그렸습니다.

저는 예전부터 다케이치에게만 저의 상처받기 쉬운 성격을 태연히 보여 왔기에 이번 자화상도 다케이치에게 안심하고 보여 주었습니다. 과분한 칭찬을 받게 되자 연달아 도깨비 그림을 두세 장 더 그렸고 다케이치로부터

"너는 위대한 화가가 될 거야."

라는 또 하나의 예언을 들었습니다.

여자들이 내게 반할 거라는 예언과 위대한 화가가 될 거라는 예언, 바보 다케이치에 의해 이 두 예언이 이마에 새겨진 저는 얼마 있다가 도쿄로 나왔습니다.

저는 미술 학교에 들어가고 싶었지만 아버지는 예전부터 저를 고등학교에 보내 장차 관리로 만들 작정이셨고, 그러한 말씀을 제게도 하셨기 때문에 한마디 말대답도 못 하는 성격의 저는 멀거니 있다가 아버지 말씀에 따랐습니다. 아버지는 4학년 때부터 시험을 쳐 보라고 말씀하셨기에 저도 벚꽃과 바다가 있는 중학교에는 어지간히 싫증이 나 있던 참이라, 5학년에 진급하지 않고 4학년까지만 수료한 채 도쿄의 고등학교에 시험을 봐서 합격하고는 곧바로 기숙사 생활을 시작했습니다. 그러나 저는 그 기숙사의 불결함과 난폭함에 질려서 광대짓이고 나발이고 기숙사를 나왔는데, 의사에게 '폐침윤'이라는 진단서를 받아서 우에노 사쿠라기초에 있는 아버지의 별장으로 옮겼습니다. 제게는 단체 생활이 도저히 불가능한 일이었습니다. 더구나 청춘의 감격이라든지 젊은이의 긍지라는 말은 듣기만 해

도 소름이 끼쳐서, 그 하이스쿨 스피릿을 도저히 따라갈 수 없었습니다. 교실도 기숙사도 비뚤어진 성욕의 쓰레기통이라는 생각이 들 정도여서 완벽에 가까운 저의 광대짓도 그곳에서는 아무 소용이 없었습니다.

아버지는 의회가 안 열릴 때는 한 달에 한 주나 두 주만 그 집에 머무셨는데 아버지가 안 계실 때는 상당히 넓은 그 집에 별장지기 노부부하고 저하고 세 사람뿐이었기에 저는 가끔 학교를 결석했습니다. 그렇다고 도쿄 구경을 할 마음도 없어서(저는 결국 메이지 신궁도, 구스노키 마사시게 동상도, 센가쿠절에 있는 47인의 사무라이 무덤도 보지 못할 것 같군요) 집에서 하루 종일 책을 읽거나 그림을 그렸습니다. 아버지가 상경하시면 저는 매일 아침 서둘러 학교 간다고 나오긴 했지만, 혼고 센다기초에 있는 서양화가 야스다 신타로 씨의 화실에 가서 세 시간이고 네 시간이고 데생 연습을 한 적도 있습니다. 고등학교 기숙사를 나오니까 학교 수업을 받더라도 마치 청강생처럼 특별한 위치에 있는 것 같고 저의 비뚤어진 생각 때문일지도 모르지만, 좀 따분한 기분이 들어 학교에 가는 일이 더 귀찮아졌습니다. 저는 초등학교, 중학교, 고등학교 내내 애교심의 의미를 이해하지 못한 채 마쳤습니다. 한 번도 교가를 외우려 한 적도 없습니다.

이윽고 저는 화실에서 어떤 미술 생도에게 술, 담배, 매춘부, 전당포, 좌익사상을 배웠습니다. 묘한 조합이지만 사실입니다.

호리키 마사오라는 그 미술 생도는 도쿄 시타마치[6]에서 태어났으며 저보다 여섯 살 많았습니다. 그리고 사립 미술 학교를 졸업했

6 도시의 저지대로 상공업지대이자 서민 동네.

으나 집에 그림 그릴 만한 곳이 없어 이 화실에 다니며 서양화를 공부하고 있다고 했습니다.

"5엔만 빌려줄 수 있어?"

서로 그냥 얼굴만 알 뿐 그때까지 이야기를 나눈 적이 없었습니다. 저는 당혹스러워 어쩔 줄 몰라 하며 5엔을 내밀었습니다.

"좋아, 마시자. 내가 내는 거다. 착한 애로군."

차마 거절을 못 하고 화실 근처 호라이초에 있는 카페로 끌려간 것이 우리 교우 관계의 시작이었습니다.

"전부터 널 눈여겨보고 있었어. 그렇지, 너의 그 수줍어하는 듯한 미소, 그 미소가 전도유망한 예술가 특유의 표정이거든. 친하게 지내자는 뜻으로 건배! 기누, 이 녀석 미남이지? 반하면 안 돼. 유감스럽게도 이 녀석이 학원에 나타나는 바람에 나는 두 번째 미남으로 전락했어."

피부가 거무스레하고 단정한 얼굴의 호리키는 미술 생도로서는 드물게 말쑥한 양복 차림이었는데 넥타이 취향도 수수하고, 포마드를 발라 정중앙에 가르마를 탔습니다.

저는 장소가 익숙하지 않고 두렵기도 하여 팔짱을 끼었다 풀었다 하면서 그야말로 수줍게 미소만 지었지만, 맥주를 두세 잔 마시다 보니 묘한 해방감 같은 홀가분함을 느꼈습니다.

"저는 미술 학교에 들어갈 생각이었는데……."

"아냐, 별거 없어. 그런 데는 시시해. 학교는 재미없어. 우리의 스승은 자연에 있노라! 자연에 대한 파토스pathos[7]!"

7 그리스어로 정념, 격정.

그러나 저는 그 말에 전혀 경의를 느끼지 못했습니다. 멍청하군, 그림도 시원찮을 게 틀림없어. 하지만 놀기에는 괜찮은 상대일지도 모른다고 생각했습니다. 즉 저는 그때 태어나서 처음으로 정말로 도회지의 건달을 본 것입니다. 그는 저와 모양새는 다르지만, 역시 인간의 삶에서 완전히 유리되어 갈피를 못 잡고 망설인다는 점에서 우리는 분명히 같은 부류였습니다. 그가 저와 본질적으로 다른 점이 있다면 그는 전혀 의식하지 않고 어릿광대짓을 하며 그 광대짓의 비참함을 모른다는 것입니다.

그냥 놀 뿐이다, 놀이 상대로 사귈 뿐이라고 항상 그를 경멸했고 때로는 그와의 교제를 부끄럽게 생각하면서도 그와 함께 다니다가 결국 저는 이 남자에게조차 당하고 말았습니다.

처음에는 이 남자를 보기 드문 호인이라고 믿었습니다. 대인공포증이 있는 저도 완전히 방심하고 도쿄에 좋은 안내자가 생겼다고만 생각했지요. 저는 사실 혼자서 전차를 타면 차장이 무섭고 가부키 극장에 들어가고 싶어도 그 정면 현관의 붉은 카펫이 깔린 계단 양쪽에 늘어선 안내원들이 두려웠고, 레스토랑에 들어가면 제 뒤에 조용히 서서 접시가 비워지기를 기다리는 웨이터가 무섭습니다. 특히 계산할 때는 아아, 어색한 제 손놀림, 저는 물건을 사고 돈을 낼 때는 인색해서가 아니라 극도의 긴장, 극도의 부끄러움, 극도의 불안, 극도의 공포로 어질어질 현기증이 나고 눈앞이 캄캄해지며 거의 미칠 것 같아 값을 깎기는커녕 거스름돈 받는 것도 잊고는 합니다. 그뿐만 아니라 산 물건을 그대로 놓고 오는 일조차 빈번합니다. 도저히 혼자서는 도쿄 거리를 돌아다니지 못해서 하는 수 없이 하루 종일 집 안에서 빈둥빈둥 논다는 속사정도 있었던 것입니다.

하지만 호리키에게 지갑을 맡기고 함께 다니면 그는 값을 엄청 잘 깎았고 게다가 잘 놀 줄 알아서 몇 푼 안 되는 돈으로 최대의 효과가 나게 돈을 쓰고, 또한 비싼 택시보다는 전차, 버스, 기차를 적절히 활용하여 최단 시간에 목적지에 도착하는 수완도 보였습니다. 그리고 매춘부 집에서 돌아오는 아침에는 어느 어느 요정에 들러 목욕을 하고 나서 따끈한 두부 요리로 가볍게 한잔하는 것이 생각보다 싸고 호사스러운 기분이 난다며 현장 교육을 해 주기도 했습니다. 그 밖에 포장마차의 소고기덮밥이나 닭꼬치가 값이 싸고 영양도 풍부하다는 사실을 설명했고, 빨리 취하기에는 '덴키브란'[8]을 따라올 술이 없다고 보증하기도 했기에 아무튼 그는 계산 문제로 저를 불안하게 하거나 공포를 느끼게 한 적이 없었습니다.

호리키와 지내면서 좋았던 점이 또 있다면 그가 듣는 사람의 생각 따위는 완전히 무시한 채, 이른바 파토스가 분출하는 대로(어쩌면 파토스란 상대방의 입장을 무시하는 것인지도 모르지만) 온종일 쓸데없이 계속 지껄였기 때문에 돌아다니는 데 지쳐도 어색한 침묵에 빠질 염려가 전혀 없다는 것이었습니다. 사람을 만날 때면 무서운 침묵이 흐르는 걸 경계하며 원래 입이 무거운 저지만 지금이 운명의 고비라 생각하고 필사적으로 광대짓을 해 왔는데, 이제는 호리키 이 바보가 무의식중에 그 광대짓을 자진해서 대신해 주었기 때문에 저는 건성으로 그냥 흘려듣다가 이따금 "설마!"라고 하며 그저 웃으면 그만이었습니다.

술, 담배, 매춘부는 대인공포를 잠시나마 잊게 해 주는 아주

8 당시에 유행하던 가짜 브랜디의 상표.

좋은 수단이라는 사실을 저도 알게 되었습니다. 이것을 얻기 위해서라면 제가 가진 물건을 전부 팔아도 후회 없겠다는 생각까지 들었습니다.

저는 매춘부를 여성도 인간도 아닌 백치나 미치광이쯤으로 생각해서인지 오히려 안심하고 그 품 안에서 푹 잠들 수가 있었습니다. 매춘부들은 서글플 만큼 욕심이 없습니다. 또한 저에게 동질감을 느꼈는지 그녀들의 호의는 거북하지 않고 늘 자연스러웠습니다. 이해타산이 없는 호의, 강요가 아닌 호의, 두 번 다시 오지 않을지도 모르는 사람에 대한 호의. 저는 백치나 미치광이 같은 그 매춘부들에게서 실제로 마리아의 후광을 본 밤도 있었습니다.

그러나 저는 소소하지만 안식을 얻기 위해 대인공포를 떨쳐내고 그야말로 저와 '동류'의 매춘부들과 어울려 놀면서도 의식하지 못하는 사이에 일종의 불길한 분위기를 항상 풍겼던 모양입니다. 이것은 저로서도 전혀 예상치 못했던 '혹'이었습니다. 하지만 차츰 그러한 혹이 선명히 표면에 드러나 호리키에게 지적을 받고는 아연실색했고 불쾌했습니다. 저는 매춘부를 통하여 여자 수행修行을 쌓았고 더구나 최근에는 눈에 띄게 솜씨가 좋아졌습니다. 매춘부를 통해 여자 수행을 하는 것이 가장 혹독하고 또 그만큼 효과가 있다고 하던데 이미 저에게는 '여자에 능통한 선수' 냄새가 풍겨서, 여자들이(매춘부뿐만이 아니라) 본능적으로 그 냄새를 맡고 접근하는, 그러한 추잡하고 불명예스러운 분위기를 혹으로 얻었고, 또한 이 혹이 제가 얻는 안식보다 눈에 띄게 두드러진 것 같습니다.

호리키는 그 말을 반은 칭찬이라고 한 것이겠지만, 그러나 저의 마음을 괴롭게 만드는 일들도 있었습니다. 예컨대 다방 여종업원에게 유치한 편지를 받은 적도 있고, 사쿠라기초 집에 이웃한 장군 집의 스무 살쯤 되어 보이는 딸이 매일 아침 제가 등교할 시간에 용건도 없어 보이는데 옅은 화장을 하고 자기 집 문을 들락거렸고, 소고기를 먹으러 가면 제가 잠자코 있어도 그곳에서 일하는 여자가……, 단골 담뱃가게의 딸에게 받은 담뱃갑 안에……, 가부키를 보러 갔을 때 옆자리에 앉은 사람이……, 심야에 전차에서 내가 술에 취해 자고 있을 때……, 뜻하지도 않게 고향 친척집 딸로부터 심각한 편지가 오고……, 제가 집에 없는 동안에 누군지도 모르는 아가씨가 손수 만든 인형을……. 제가 극도로 소심해서 더 이상 아무런 진전 없이 끝난 이야기지만 제 몸 어딘가에 뭔가 여자들을 꿈꾸게 하는 분위기를 풍기는 것은 자랑 같은 농담이 아니라 부정할 수 없는 사실이었습니다. 저는 그 사실을 호리키 같은 놈에게 지적받고 굴욕과도 같은 씁쓸함을 느꼈으며 매춘부와 노는 것도 일순간 흥미를 잃었습니다.

허영꾼의 모더니티였을까요?(저로서는 지금도 그 외에 다른 이유를 생각할 수 없습니다) 호리키는 어느 날 저를 공산주의 독서회라는(R.S.[9]라고 한 것 같은데 기억이 확실치 않습니다) 비밀 연구회에 데리고 갔습니다. 호리키에게는 공산주의 비밀모임도 '도쿄 안내' 중 하나에 불과했는지도 모릅니다. 저는 이른바 '동지'라는 사람들에게 소개되어 팸플릿을 한 부 샀고, 상좌上座에 앉아 있던 아주 못생긴 청년에게서 마르크스 경제학 강의를 들었습니다. 그러나 저는 그 강의가 너무도 당연한 얘기로 여겨졌습니다. 그건 틀림없는 사실이겠지

9 reading society의 약어.

만 인간의 마음에는 이유를 알 수 없는 훨씬 무서운 것이 있습니다. 욕망이라는 말로는 부족하고 배너티vanity라는 말로도 부족하며 색色과 욕慾의 두 가지를 나란히 놓고 보아도 부족한, 그게 뭔지 저로서도 알 수 없지만 인간 세상의 밑바닥에는 경제만이 아닌, 묘한 괴담과도 같은 것이 있는 듯해서, 그 괴담에 잔뜩 겁먹은 저는 이른바 유물론을 물이 위에서 아래로 흐르듯이 자연스럽게 긍정하면서도, 그러나 그것을 통해 인간에 대한 공포에서 해방되어, 새싹을 향하여 눈을 뜨거나, 희망의 기쁨을 느낄 수는 없었습니다. 그래도 저는 한 번도 빠지지 않고 그 R.S.(라고 했던 것 같습니다만, 틀릴지도 모릅니다)라는 곳에 출석했습니다. '동지'들이 대단한 일이나 되는 양 심각한 얼굴로, '1 더하기 1은 2'의 초등학교 산수 같은 이론 연구에 몰두하고 있는 모습이 너무 우스꽝스러워 저는 제 특유의 어릿광대짓으로 모임의 분위기를 편안하게 해 주려고 노력했습니다. 그래서인지 차츰 연구회의 딱딱한 분위기도 풀렸고 저는 그 모임에 없어서는 안 될 인기인이 되었습니다. 단순해 보이는 그 사람들은 어쩌면 저를 자신들처럼 단순히 익살꾼 '동지' 정도로 생각하고 있었는지도 모르겠습니다. 그렇다면 저는 이 사람들을 하나부터 열까지 전부 속였던 셈이죠. 저는 동지가 아니었습니다. 그러나 그 모임에는 항상 빠지지 않고 출석하여 모두에게 어릿광대짓 같은 서비스를 했습니다.

좋아했기 때문입니다. 그 사람들이 제 마음에 들었기 때문입니다. 그러나 그것은 결코 마르크스에 의해 맺어진 친밀감이 아니었습니다.

비합법. 저로서는 그것이 은근히 즐거웠습니다. 오히려 마음이 편했습니다. 이 세상에 합법이라는 미명하에 행해지는 것이 무섭고

(거기에는 정체 모를 강한 전율이 느껴집니다) 그 구조를 이해할 수 없으며 창문도 없이 뼛속까지 냉기가 도는 그 방에 도저히 앉아 있을 수가 없습니다. 차라리 바깥이 비합법의 바다라 해도 저는 그곳에 뛰어들어 헤엄치다 죽는 것이 편했습니다.

'음지에 사는 인간'이라는 말도 있습니다. 인간 세상에서는 비참한 패자, 악덕한 자를 가리키는 말 같습니다만 저는 태어날 때부터 음지에 사는 인간이었던 것 같아서 음지에 사는 인간이라고 손가락질 받는 사람들을 만나면 다정한 마음이 듭니다. 그리고 그런 저의 '다정한 마음'은 스스로도 넋을 놓을 정도로 다정한 마음이었습니다.

또 '죄인 의식'이라는 말도 있습니다. 저는 평생 그 의식에 괴로워하면서도 내 조강지처 같은 좋은 반려자로 여겨서 그것이랑 둘이서 쓸쓸히 놀며 지내는 것도 내가 살아가는 방식 중 하나인지도 모릅니다. 또한 '정강이에 상처가 있는 몸'이라는 속담도 있는데요, 그 상처는 제가 갓난아기 때부터 저절로 한쪽 정강이에 생겨나더니 자라면서 치유되기는커녕 더 심해질 뿐이었습니다. 뼛속까지 파고들어 밤마다 겪는 그 고통은 변화무쌍한 지옥이라 할 만했지요. 그러나 (매우 기묘한 표현이지만) 그 상처는 차츰 혈육보다 친숙해져서 그 상처의 통증이야말로 살아 있는 감정이거나 애정의 속삭임으로 느꼈던 제게 지하운동 그룹의 분위기는 묘하게 마음이 놓이고 편했습니다. 즉 지하운동의 본래 목적보다 그 운동이 지닌 분위기가 저에게 맞는 것 같았습니다. 그냥 바보 같은 호리키 놈은 눈요기나 하려고 나를 소개해 주러 그 모임에 한 차례 갔을 뿐, 그 마르크스주의자는 생산 차원의 연구뿐만 아니라 소비 면에서의 시찰도 필요하다는 둥 엉뚱한 소리나 하면서 모임 근처에는 오지도 않으면서 무작정

저를 소비 차원의 시찰로만 끌어들이려고 했습니다.

생각해 보면 그 당시에는 다양한 형태의 마르크스주의자들이 있었습니다. 호리키처럼 모더니티의 허영에 빠져 마르크스주의자를 자칭하는 자도 있었고, 저처럼 단지 비합법적인 분위기가 마음에 들어서 그곳에 주저앉은 자도 있었습니다. 이러한 실상을 진정한 마르크스주의 신봉자가 알아차렸다면 호리키랑 저에게 크게 노해서 비겁한 배신자라며 당장 쫓아냈을 것입니다. 그러나 저도 호리키도 좀처럼 제명 처분을 당하지 않았고, 특히 저는 합법적인 신사들의 세계에서보다 오히려 비합법적인 세계에서 자유로우며 소위 '건강'하게 행동해서인지, 전망이 밝은 '동지'로서 웃음이 터질 만큼 지나치게 비밀스러운 갖가지 임무를 맡게 되었습니다.

또한 사실 저는 그러한 부탁을 한 번도 거절하지 않고 태연히 뭐든 다 받아들였으며 공연히 부자연스러운 행동을 취하여 개(동지들은 경찰을 그렇게 불렀습니다)의 의심을 사 불심검문을 당하여 실패하는 일도 없었고, 웃고 웃기면서 그들이 위험하다고 하는 일들을 (그 운동에 가담한 자들은 무슨 큰일이라도 하는 것처럼 긴장하여 어설프게 탐정소설 흉내까지 내며 극도로 경계했고, 게다가 나에게 부탁하는 일은 정말로 어이가 없을 정도로 시시한 것이었습니다만, 그래도 그들은 그 임무가 굉장히 위험하다며 허세를 부렸습니다) 어쨌든 확실하게 해치웠습니다. 그 당시 제 기분은 당원으로 체포되어 설령 종신형으로 형무소에서 살게 된다 한들 태연했을 것입니다. 세상 사람들의 '실생활'을 두려워하면서 밤마다 불면의 지옥에서 신음하는 것보다 차라리 감옥이 편안할 수 있겠다는 생각마저 들었습니다.

아버지는 사쿠라기초 별장에 머무르시는 동안 손님맞이며 외출로 인해 같은 집에 살아도 사나흘씩 얼굴을 마주할 일이 없었습니다. 그래도 왠지 아버지가 어렵고 무서워서 집을 나와 하숙을 해 볼까 생각하면서도 그 말을 꺼내지 못하던 참에, 아버지가 그 집을 팔 생각인 것 같다는 말을 늙은 별장지기에게 들었습니다.

아버지의 의원 임기도 슬슬 끝나가고 여러 가지 사정이 있었겠지만, 더 이상 선거에 출마할 의사도 없는 것 같았고, 게다가 고향에 은거할 집을 짓는 등 도쿄에는 다른 미련이 없으신 듯했습니다. 기껏해야 고등학생에 불과한 저를 위해 저택과 하인을 두는 것도 낭비라고 생각하셨는지(세상 사람들의 마음을 모르듯이 아버지의 마음 또한 저는 잘 모르겠습니다) 어쨌든 그 집은 곧 남의 손에 넘어갔고, 저는 혼고 모리카와초에 있는 선유관이라는 낡은 하숙집의 어두컴컴한 방으로 이사했습니다. 그리고 금세 돈에 쪼들렸습니다.

그때까지는 아버지에게 매달 일정 금액의 용돈을 받았고 그 돈은 불과 이삼 일 만에 바닥났지만, 그래도 담배, 술, 치즈, 과일이 항상 집에 있었으며 책이나 문구 및 옷에 관한 건 모두 언제라도 근처 가게에서 '외상'으로 살 수 있었습니다. 호리키에게 메밀국수나 튀김덮밥을 사 주더라도, 아버지 단골가게라면 저는 아무 말 없이 그 가게를 나와도 괜찮았습니다.

그러다 갑자기 혼자 하숙 생활을 하게 되면서 매달 송금받는 용돈에 딱 맞춰 살아야 했기에 당황했습니다. 역시 용돈은 이삼 일 사이에 없어져 버렸고 저는 미칠 듯 소름 끼치게 불안해서 아버지, 형, 누나에게 돈을 부탁하는 전보와 구구절절한 사정을 담은 편지를 연달아 보내는 한편(편지에서 호소한 사정은 죄다 우스꽝스러운 허구였습니다. 남에게 무언가를 부탁하려면 우선 그 사람을 웃기는 것이 상

책이라고 생각했던 것입니다), 호리키의 가르침대로 부지런히 전당포를 드나들기 시작했지만 늘 돈에 쪼들렸습니다.

저는 도저히 아무런 연고도 없이 하숙집에서 혼자 '생활'해 나갈 능력이 없었습니다. 하숙방에 홀로 가만히 있는 것이 너무 무서웠고, 당장이라도 누군가에게 습격을 받고 그에게 일격을 가할 것만 같아서 거리로 뛰쳐나와서는 지하운동을 돕거나 호리키와 싸구려 술을 마시며 돌아다녔습니다. 그렇게 학업도 그림 공부도 거의 포기한 채 살다가 고등학교 2학년이 되던 해 10월에 연상의 유부녀와 정사情死 사건을 일으켜 제 신세가 아주 달라지고 말았습니다.

학과 공부를 전혀 하지 않고 학교를 거의 결석했는데도 묘하게 시험 답안 작성에 요령이 좋았는지 그때까지는 그럭저럭 고향에 계신 부모님을 계속 속여 왔지만 슬슬 출석 일수 부족 등으로 학교 쪽에서 비밀리에 아버지께 보고가 들어갔는지 아버지의 대리로 큰형이 위압감을 느끼게 하는 장문의 편지를 저에게 보내오기에 이르렀습니다. 하지만 그보다 저를 고통스럽게 하는 직접적인 원인은 돈이 없다는 것과 지하운동의 임무가 도저히 반 장난삼아 할 수 없을 만큼 격해지고 바빠진 것이었습니다. 저는 '중앙 지구'인가 뭔가 하는 혼고, 고이시카와, 시타야, 간다 일대의 모든 학교가 모인 마르크스 학생회에서 행동대장이 되어 있었습니다. 무장봉기라는 말을 듣고 조그만 칼을 사서(지금 생각하면 그것은 연필을 깎기도 힘든 약해 빠진 칼이었습니다) 그것을 레인코트 호주머니에 넣고 소위 '연락'을 하기 위해 이리저리 뛰어다녔습니다.

술을 마시고 푹 자고 싶었지만 돈이 없었습니다. 더구나 P[IO](당을 부르는 은어로 기억하지만 제 기억이 틀렸는지도 모릅니다)에서는 숨쉴 겨를도 없이 잇달아 임무 지시가 들어왔습니다. 몸이 약한 저로서는 도저히 감당할 수 있을 것 같지 않았습니다. 원래 비합법적인 것에 대한 흥미만으로 그 그룹의 일을 도왔던 것인데 그야말로 농담이 진담이 된 격으로 너무 바빠지게 되자, 저는 은근히 P의 사람들에게 "번지수가 틀렸어요. 당신네 직계 사람들한테 시키시죠!"라고 짜증을 냈고 결국 도망치고 말았습니다. 도망은 쳤지만 역시 기분이 나아지지 않아서 죽기로 결심했습니다.

그 무렵 저에게 특별한 호의를 보이던 여자가 세 명 있었습니다. 한 사람은 제가 하숙하고 있던 선유관의 딸이었습니다. 그 아가씨는 제가 지하운동을 돕다가 녹초가 되어 돌아와 밥도 못 먹고 잠이 들면 꼭 편지지와 만년필을 들고 제 방으로 찾아와서

"실례 좀 할게요. 아래층은 동생들이 시끄럽게 떠들어서 차분히 편지를 쓸 수가 없어요."

라고 말하며 제 책상에 앉아서 한 시간 넘게 뭔가를 끄적거렸습니다.

저 또한 모른 척 자면 될 것을 그 아가씨는 제가 무슨 말이든 해 주길 바라는 눈치여서 실은 한마디도 하고 싶지 않았지만 억지로 봉사 정신을 발휘하여 피곤에 절어 녹초가 된 몸에 "이얍!" 하고 기합을 넣고는 배를 깔고 엎드린 채 담배를 피우며 말했습니다.

"여자한테 받은 연애편지로 목욕물을 데워 목욕한 사내가 있다더군요."

"세상에나! 너무해. 당신이죠?"

10 독일어 Partei의 약어로 공산당을 의미하는 은어.

"우유를 데워서 마신 적은 있습니다."

"영광이네요. 많이 드세요."

'이 여자, 빨리 안 돌아가나. 편지라니, 속이 빤히 보이는구먼. 분명 사람 얼굴이나 끄적이고 있겠지.'

"좀 보여 줘요."

죽어도 보고 싶지 않은 심정으로 그렇게 말하면 "어머, 안 돼요. 싫어요" 하며 좋아 죽는 꼴이란! 정말 역겹고 흥이 깨질 뿐이었습니다. 그래서 저는 심부름이라도 시키자고 생각했습니다.

"미안한데, 전찻길 옆 약국에 가서 칼모틴 좀 사다 줄래? 너무 피곤하니까 얼굴이 화끈거려 오히려 잠이 안 오네. 미안해. 돈은……."

"됐어요, 돈은."

좋아서 일어납니다. 심부름을 시키는 것은 결코 여자를 실망시키는 일이 아닙니다. 오히려 여자는 남자에게 부탁을 받으면 기뻐한다는 사실을 이미 저는 잘 알고 있었습니다.

또 한 여자는 여자고등사범학교의 문과생으로, 이른바 '동지'였습니다. 지하운동이 싫어도 매일 그 여자의 얼굴을 마주해야 했습니다. 회의가 끝나도 그 여자는 언제까지고 저를 따라다니며 저에게 이것저것 뭔가를 사 주었습니다.

"나를 진짜 누나라고 생각해도 좋아."

그 같잖은 소리에 몸서리치며, 저는

"그렇게 생각하고 있어요."

하고, 우수를 머금은 미소를 지으며 대답했습니다. 어쨌든 화나게 하면 무섭다, 어떻게든 어물어물 넘겨야만 한다는 생각으로,

저는 추하고 진저리나는 이 여자에게 봉사하고 선물을 받으면(선물은 실로 볼품없는 취향의 물건들뿐이라 그것을 꼬치구이집 영감에게 얼른 줘 버렸습니다) 기뻐하는 표정으로 농담을 해서 그녀를 웃게 했습니다. 어느 여름날 밤, 아무리 해도 떨어지려고 하지 않기에 그 여자가 어서 돌아가 주기를 바라는 마음으로 동네 어느 어두컴컴한 곳에서 키스를 해 주었더니, 어처구니없게도 그녀는 미친 듯이 흥분해서 자동차를 불러 타고는 지하운동을 하기 위해 비밀리에 빌린 빌딩 사무소 같은 비좁은 방으로 저를 데리고 가 아침까지 질척여서 저는 어이없는 누나라고 생각하며 몰래 쓴웃음을 지었습니다.

이 '동지' 여자와 하숙집 딸은 어찌 됐든 날마다 얼굴을 마주해야 하는 상황이었기 때문에 지금까지의 여러 여자처럼 쉽사리 피할 수도 없었습니다. 결국 어물어물 불안한 마음에 필사적으로 이 두 사람의 비위를 맞추다 보니 어느새 나는 옴짝달싹할 수 없는 신세가 되어 버렸습니다.

그 무렵 저는 긴자에 있는 큰 카페의 여종업원에게 뜻밖의 신세를 졌습니다. 딱 한 번 만났을 뿐인데도 신세 진 게 마음에 걸려서 역시 옴짝달싹할 수 없을 만큼 걱정과 두려움을 느꼈습니다. 그때쯤에는 저도 굳이 호리키의 안내에 의지하지 않더라도 혼자 전차도 타고 가부키 극장에도 가고 또 가스리 기모노[11]를 입고 카페에도 들어갈 정도로 다소 뻔뻔해졌습니다. 마음속으로는 여전히 인간의 자신감과 폭력을 의심스러워하고 괴로워하면서도 겉으로는 조금씩 타인과 정색하고 인사, 아냐, 그게 아니지. 저는 역시 패배의 어릿광대짓

11 붓으로 살짝 스친 듯한 잔무늬나 비백 무늬의 옷.

을 하며 쓰라린 웃음을 짓지 않고는 인사조차 할 수 없는 성격입니다. 그렇지만 어쨌든 정신을 놓은 듯 갈팡질팡하며 인사나마 할 수 있을 만큼의 '기량'을 습득할 수 있었던 것도 지하운동에서 이리저리 돌아다닌 덕분, 아니면 여자 또는 술 덕분이라고 할 수도 있겠지만 주로 금전적 어려움 때문이었습니다. 어디에 있든 두렵기는 하지만 오히려 큰 카페에서 수많은 취객, 여직원, 사내 들과 뒤섞여 있으면 끊임없이 쫓기는 듯한 제 마음도 좀 진정될까 싶어서 10엔을 들고 긴자의 큰 카페에 들어가 웃으면서 여종업원에게 말했습니다.

"10엔밖에 없으니까 알아서 해 줘."

"걱정 마세요."

관서 지방 사투리가 묻어 있었습니다. 그 한마디가 묘하게도 벌벌 떨던 제 마음을 가라앉혀 주었습니다. 돈 걱정이 사라져서 그런 것은 아니었습니다. 그 여자 옆에 있으면 걱정할 필요가 없겠다는 느낌이 들었기 때문입니다.

저는 술을 마셨습니다. 그 여자에게 광대짓을 연기할 생각도 없이 마음을 푹 놓고 제 본성인 말 없고 음침한 면모를 숨김없이 드러내 보이며 잠자코 술을 마셨습니다.

"이런 거 좋아해요?"

여자는 갖가지 요리를 제 앞에 늘어놓았습니다. 저는 고개를 저었습니다.

"술만 마시려고요? 나도 마셔야지."

스산한 가을밤이었습니다. 저는 쓰네코가(기억이 희미해서 확실하지는 않습니다. 저는 정사 상대의 이름조차 잊어버리는 놈입니다) 일러 준 대로, 긴자 뒷골목의 어느 노점 초밥집에서 맛 하나 없는 초밥을 먹으며 그 여자를 기다리고 있었습니다. (그 여자의 이름은 잊었어도 그때 먹은 초밥이 맛없었다는 것만은 어찌 된 일인지 또렷이 기억에 남아 있습니다. 그리고 구렁이를 닮은 빡빡머리 주인아저씨가 고개를 흔들며 능숙한 척 초밥을 만드는 모습도 선명하게 떠올라, 나중에 전차에서 '어라, 어디서 본 얼굴인데' 하며 이리저리 생각하다가 '아, 그때 초밥집 아저씨랑 닮았네'라고 깨닫고는 쓴웃음을 지은 적도 여러 번 있습니다. 그 여자의 이름도 얼굴도 기억에서 멀어진 지금, 아직도 초밥집 아저씨의 얼굴만큼은 그림으로 그릴 수 있을 만큼 정확히 기억하고 있다니, 그때 초밥이 정말이지 맛이 없어서 제게 추위와 고통을 느끼게 한 모양입니다. 원래 저는 맛있다는 초밥집에 따라가서 먹어 봐도 맛있다고 생각한 적은 한 번도 없습니다. 초밥이 너무 크거든요. 엄지손가락만 한 크기로 단단히 쥐어 줄 수는 없는 건지 늘 생각했습니다.)

그 여자는 혼조에 있는 목수집 2층에 세 들어 살고 있었습니다. 저는 그 2층에서 평소의 음울한 마음을 조금도 감추지 않고 심한 치통이라도 앓고 있는 것처럼 한 손으로 턱을 괸 채로 차를 마셨습니다. 그런데 제 모습이 오히려 그 여자의 마음에 든 모양입니다. 그 여자 또한 초겨울 삭풍이 불고, 낙엽이 우수수 흩날리는 풍경 속에 완전히 고립되어 있는 느낌이었습니다.

함께 자면서 그 여자는 저보다 두 살 연상이고 고향은 히로시마라는 것을 알았습니다. "남편이 있어요. 히로시마에서 이발소를 했죠. 작년 봄 함께 도쿄로 도망쳐 왔지만 남편은 도쿄에서 제대로 일도 않고 있던 중 사기죄로 잡혀 형무소에 있어요. 저는 매일 이것저것 영치하러 형무소에 다녔는데 내일부턴 그만둘래요"라는 이야기를 했습니다. 저는 여자의 신세타령 따위에는 전혀 흥미를 느끼지 못하는 성격으로, 말하는 방식이 미숙한 탓인지, 이야기의 맥락에서 벗어난 탓인지 어쨌든 저에게는 늘 마이동풍이었습니다.

쓸쓸하다.

저는 여자의 천 마디 신세타령보다, 그 한마디의 중얼거림에 더욱 공감할 것 같은데 이상하고 신기하게도 세상 여자들에게 한 번도 그 말을 들어 본 적이 없습니다. 그러나 그 여자는 '쓸쓸하다'고 말은 하지 않았지만 몸 선을 따라 한 치 폭의 지독한 외로움이 기류처럼 흐르고 있어서 다가가면 제 몸도 휩싸이면서 제가 지닌 조금 가시 돋친 음울의 기류가 '물속 바위에 착 달라붙은 낙엽'처럼 알맞게 녹아 섞였습니다. 그렇게 제 몸은 공포와 불안에서 해방되었습니다.

그 백치 같은 매춘부들의 품속에서 안심하고 푹 잠들 때와는 다르게(무엇보다 프로스티튜트prostitute들은 명랑합니다) 저는 그 사기범의 아내와 하룻밤을 보낼 때 행복하고(저의 수기에서 이런 당치 않는 말을 주저 없이 좋다며 쓰는 일은 두 번 다시 없을 것입니다) 해방된 기분이었습니다.

하지만 단 하룻밤이었습니다. 아침에 깨어 벌떡 일어난 저는 원래의 경박하고 가식적인 어릿광대가 되어 있었습니다. 겁쟁이는 행복조차 두려워하기 마련입니다. 솜에도 상처를 입습니다. 행복에 상처 입는 일도 있습니다. 상처 입기 전에 빨리 이대로 헤어지고 싶은 초조함 때문에 저는 광대짓으로 연막을 쳤습니다.

"'돈 떨어지면 정도 떨어진다'는 속담 있지? 그건 반대로 해석을 해야 해. 돈이 떨어지면 여자에게 차인다는 의미가 아니라고. 남자는 돈이 떨어지면 저절로 의기소침해지고 무기력해져서 웃음소리에도 힘이 없어지고 묘하게 비뚤어진다니까. 결국 자포자기해서 남자가 여자를 차 버리게 되지. 반미치광이가 되어 뿌리치고 걷어찬다는 뜻이야. '가나자와 대사전金澤大辭林'에 의하면 그래. 불쌍하게도, 나도 그 기분을 알지."

분명히 그런 식으로 말 같잖은 소리를 하며 쓰네코를 웃겼던 기억이 있습니다. '오래 머물러 있지 마라. 뒤가 염려된다'라는 생각에 얼굴도 씻지 않고 잽싸게 빠져나왔습니다만, 그때 '돈 떨어지면 정도 떨어진다'에 대한 저의 허튼소리는 훗날 의외의 결과를 가져왔습니다.

그 후로 한 달간 저는 그날 밤의 은인을 다시 만나지 않았습니다. 시간이 흐르다 보니 그날의 기쁨도 희미해졌고 잠시 그녀에게 신세 진 일이 두려워져서 갑자기 극심한 속박을 느끼게 되었고 그날 그 카페의 술값을 전부 쓰네코가 냈던 일까지 마음에 걸렸습니다. 그녀 역시 하숙집 딸이나 여자고등사범학교 누나와 마찬가지로 저를 협박하는 여자로 여겨져서 멀리 떨어져 있으면서도 계속 두려웠습니다. 게다가 저는 잠자리를 함께한 여자를 다시 만나는 것을 극히 꺼리는데, 만약 그녀를 다시 만난다면 순간 맹렬한 분노가 치밀어 오를 것만 같아서 점점 긴자를 멀리하게 되었습니다. 그러나 그런 일을 꺼리는 건 결코 제가 교활해서가 아닙니다. 함께 밤을 보내 놓고 다음 날 아침에는 어젯밤 일을 완전히 망각해 버린 듯 깔끔하게 두 세계를 단절시키고 잘 살아가는 여자들의 불가사의한 모습을 아직 제대로 이해하지 못했기 때문입니다.

11월 말, 저는 호리키와 간다의 포장마차에서 싸구려 술을 마셨습니다. 나쁜 벗인 호리키는 포장마차를 나와서도 2차를 가자고 했고, 이미 돈이 떨어졌는데도 "마시자, 마시자" 하며 찰거머리처럼 조르는 겁니다. 그때 저는 술에 취해 대담해졌는지

"좋아, 그렇다면 꿈의 나라로 데려다주지. 놀라지 마라. 주지육림이라는……."

"카페야?"

"그래."

"가자!"

그렇게 되어 둘은 전차를 탔습니다. 호리키는 신이 나서 떠들어 댔습니다.

"오늘 밤, 여자에 굶주렸어. 여종업원에게 키스해도 괜찮지?"

저는 호리키가 그런 추태를 부리는 걸 그다지 좋아하지 않았습니다. 호리키도 알고 있어서 저에게 그렇게 말해 둔 것입니다.

"알겠지? 키스할 거야. 내 옆에 앉은 여종업원에게 꼭 키스할 테니까. 알겠지?"

"알게 뭐야!"

"고마워! 나 여자에 너무 굶주려 있거든."

긴자 4번가에서 내려 돈 한 푼 없이 쓰네코만 믿고 주지육림이라는 카페에 들어가 비어 있는 룸에 호리키와 마주 앉으니, 쓰네코와 또 한 명의 여종업원이 달려 나왔습니다. 쓰네코는 호리키 옆에, 다른 여종업원은 내 옆에 털썩 앉아서 저는 깜짝 놀랐습니다.

'쓰네코는 이제 키스당하겠구나.'

아깝다는 기분은 들지 않았습니다. 저는 원래 소유욕이 희박했고, 어쩌다가 아깝다는 마음이 들어도 그 소유권을 당당히 주장

하며 다툴 기력은 없었습니다. 훗날 저는 제 내연녀가 강간당하는 것을 잠자코 지켜보기만 한 적도 있습니다.

저는 가능한 한 인간들의 분쟁에 얽히고 싶지 않았습니다. 그 소용돌이에 휘말리는 것이 두려웠습니다. 쓰네코와 저는 하룻밤만 같이 잔 사이입니다. 그녀는 제 것이 아닙니다. 제가 염치없이 '아깝다'고 욕심을 낼 리가 없습니다. 그런데 저는 깜짝 놀랐습니다.

면전에서 호리키의 맹렬한 키스를 받을 쓰네코의 신세가 가여웠습니다. '호리키에게 더럽혀진 쓰네코는 나와 헤어지지 않으면 안 되겠지. 게다가 나에게는 그녀를 붙들어 맬 포지티브한 열정도 없다. 아아, 이제 이걸로 끝장인 거다' 하며 쓰네코의 불행에 일순간 놀라기는 했지만, 곧바로 저는 흐르는 물처럼 순순히 포기하고 호리키와 쓰네코의 얼굴을 번갈아 보며 히쭉히쭉 웃었습니다.

그러나 사건은 전혀 생각지도 못한 나쁜 방향으로 전개되었습니다.

"그만둘래!"

호리키가 입을 일그러뜨리며 말했습니다.

"아무리 그래도 내가 이런 궁상맞은 여자하고는……."

호리키는 팔짱을 끼고 쓴웃음을 지으며 질렸다는 듯 쓰네코를 뚫어지게 보았습니다.

"술 좀 줘. 돈은 없어."

저는 작은 소리로 쓰네코에게 말했습니다. 그야말로 퍼붓듯이 술을 마셔 보고 싶었습니다. 세속적 잣대를 들이대면 그녀는 취객의 키스도 받을 가치가 없는 비루하고 보잘것없는 여자였던 겁니다. 너무 뜻밖이라 저에게는 청천벽력 이상의 놀라움이었습니다. 저는 하염없이 술을 마시고 전에 없이 거나하게 취해 쓰네코와 마주 보며 슬프게 미소 지었습니다. 정말이지 호리키의 말을 듣고 보니 '이 묘한 여자는 묘하게 피곤에 찌들고 추레하고 궁상맞구나'라는 생각이 들면서도 가진 것 없는 사람끼리의 친화감이 솟구쳐(빈부의 갈등은 진부한 듯해도, 역시 드라마의 영원한 테마 중 하나라고 지금은 생각합니다) 그녀가 사랑스러웠고 난생처음 제 마음에서 미약하나마 사랑이 솟는 것을 느꼈습니다. 그리고 토했습니다. 인사불성이 되었습니다. 술을 마시고 이토록 정신을 잃을 만큼 취한 것은 그때가 처음이었습니다.

눈을 떠 보니 머리맡에 쓰네코가 앉아 있었습니다. 혼조 목수네집 2층 방에 누워 있었던 것입니다.

"'돈 떨어지면 정도 떨어진다'고 말해서 농담인 줄 알았더니 정말이었어요? 오지도 않던 걸요. 참 복잡한 매듭이네요. 제가 벌어다 주면 안 될까요?"

"안 돼."

그러고 나서 그녀도 잠들었고, 새벽녘에 그녀의 입에서 '죽음'이라는 말이 처음 나왔습니다. 그녀도 지칠 대로 지친 것 같았습니다. 저 또한 세상에 대한 공포, 번잡함, 돈, 지하운동, 여자, 학업 등을 생각하니, 더 이상 참고 살 수 없을 것 같아 그녀의 제안에 순순히 동의했습니다.

하지만 그때는 아직 진심으로 '죽자'는 각오가 되어 있지 않았습니다. 어딘가 '장난'이 섞여 있었습니다.

그날 오전, 둘이서 번화가인 아사쿠사 롯쿠를 방황했습니다. 다방에 들어가서 우유를 마셨습니다.

"당신이 계산해 줘요."

일어서며 소맷자락에서 지갑을 꺼내 열어 보니 동전 세 개. 저는 수치심보다 비참함을 느끼며 '선유관'의 제 방이 뇌리에 떠올랐습니다. 교복과 이불만 달랑 있을 뿐 이제 전당포에 맡길 만한 것이라곤 하나도 없는 황량한 방. '그 외에는 내가 지금 입고 다니는 가스리 기모노와 망토, 이것이 나의 현실이다. 더는 살아갈 여력이 없다'고 확실히 깨달았습니다.

제가 망설이고 있자 그녀도 일어나 제 지갑을 들여다보았습니다.

"세상에, 겨우 그것뿐이에요?"

무심코 한 말이었지만 찌릿하며 뼈가 사무치도록 아팠습니다. 제가 처음 사랑한 사람의 목소리였던 만큼 쓰라렸습니다. 이것도 저것도 될 수 없는 동전 세 개는 처음부터 돈이 아니었습니다. 예전에는 미처 맛보지 못한 기묘한 굴욕이었습니다. 도저히 살아갈 수 없는 굴욕이었습니다. 필경 저는 여전히 부잣집 도련님이라는 종족에서 완전히 탈피하지 못했던 것이겠죠. 그때는 자진해서 정말 죽으려고 실감 나게 다짐했습니다.

그날 밤, 우리는 가마쿠라 바다에 뛰어들었습니다. 그녀는 가게 친구에게 빌린 거라며 오비[12]를 풀어서 고이 접어 바위 위에 올려놓았습니다. 저도 망토를 벗어서 옆자리에 놓고 함께 물에 뛰어들었습니다.

그녀는 죽었습니다. 저만 살아남았습니다.

12 기모노의 허리띠.

제가 고등학생이고 아버지도 어느 정도 인지도가 있었는지 신문에 제법 큰 문제로 다뤄진 모양이었습니다.

저는 바닷가 병원에 수용되었는데 고향에서 친척 한 분이 급히 오셔서 모든 뒤처리를 해 주었습니다. 그분은 아버지를 비롯하여 온 집안이 격노하고 있어서 이제 친가로부터는 의절당할지도 모른다는 말을 전하고 돌아갔습니다. 그러나 그런 것보다 저는 죽은 쓰네코가 그리워 훌쩍훌쩍 울고만 있었습니다. 정말로 지금까지 만난 여자들 중에서 그 궁상맞은 쓰네코만을 좋아했으니까요.

하숙집 딸에게서 단가[13] 50수가 적힌 장문의 편지가 왔습니다. '살아 줘요'라는 묘한 말로 시작되는 단가만 50수였습니다. 간호사들은 저를 보고 환하게 웃었으며 어떤 간호사는 병실에 놀러 와서는 제 손을 꼭 잡아 주고 갔습니다.

제 왼쪽 폐에 이상이 있다는 게 발견되었는데 이것이 제게 굉장히 유리한 쪽으로 작용했습니다. 얼마쯤 시간이 흐른 뒤에 저는 자살방조죄라는 죄명으로 경찰서로 끌려갔지만 경찰은 저를 환자 취급하여 특별히 보호실에 수용시켰습니다.

보호실 옆의 숙직실에서 당직을 서던 나이 든 순경이 한밤중에 문을 살짝 열고는

"어이!"

하며 저에게 말을 걸었습니다.

"춥지? 이리 와서 불 좀 쬐시지."

하고 말해 주었습니다.

13 短歌, 5·7·5·7·7조의 시.

저는 일부러 풀 죽은 모습을 하고 숙직실로 들어가 걸상에 앉아서 난로를 쬐었습니다.

"아무래도 죽은 여자가 그립지?"

"예."

일부러 모깃소리 같은 가느다란 목소리로 대답했습니다.

"그게 바로 인정이란 거야."

그는 점점 대담하게 나왔습니다.

"처음 여자와 관계 맺은 곳이 어디지?"

마치 재판관처럼 거드름을 피우며 물었습니다. 그는 저를 어린애라고 얕잡아 보고는 마치 자기가 취조 주임이라도 되는 것처럼 가을밤의 심심풀이로 저에게서 음담패설 같은 진술을 이끌어 내려는 속셈인 것 같았습니다. 저는 재빨리 눈치채고는 웃음이 터지려는 것을 애써 참았습니다. 저는 순경의 '비공식적인 심문'에 일절 대답을 거부해도 상관없다는 것을 알고 있었습니다. 그러나 기나긴 가을밤의 흥취를 돋우기 위하여 성의 있게 대답하는 척하며 그 순경이야말로 취조 주임이며 형량도 그 순경의 결정에 달려 있다고 굳게 믿는 듯이 그의 음란한 호기심을 어느 정도 만족시켜 줄 수 있는 그럴싸한 '진술'을 했습니다.

"음, 이제 대충 알겠군. 뭐든 정직하게 대답하면 우리도 그건 참작해 주지."

"감사합니다. 잘 부탁드립니다."

그야말로 입신의 경지에 오른 연기였습니다. 무엇 하나 얻을 게 없는 열연이었지만.

날이 밝자 저는 소장에게 불려 갔습니다. 이번에는 정식 취조였습니다.

문을 열고 서장실에 들어서는 순간 들었습니다.

“오, 정말 미남인데? 이건, 자네가 나쁜 게 아니야. 이렇게 미남으로 낳은 자네 어머니가 잘못이지.”

피부색이 거무스름하고 대학을 졸업한 자의 모습이 보이는 아직 젊은 서장이었습니다. 갑작스레 그런 말을 듣자 저는 얼굴 한쪽에 붉은 반점이 있는 흉측한 모습의 불구자가 된 듯 비참했습니다.

유도나 검도 선수 같은 서장의 취조는 아주 담백해서 간밤에 은근하고 집요하기 그지없던 나이 든 순경의 음란한 ‘취조’와는 천양지차였습니다. 심문이 끝나자 서장은 검사국에 보낼 서류를 처리하면서

“건강을 잘 챙겨야지. 혈담이 나온다면서.”

하고 말했습니다.

그날 아침, 이상하게 기침이 나와 저는 기침을 할 때마다 손수건으로 입을 가렸는데 그 손수건에 빨간 싸락눈이 내린 것처럼 피가 묻어 있었습니다. 그러나 그것은 목에서 나온 피가 아니라 어젯밤 귀밑에 난 작은 종기를 만지작거리다가 그 종기에서 나온 피였습니다. 저는 문득 그 사실을 밝히지 않는 편이 유리하겠다는 생각이 들어 그저

“예.”

하고 눈을 내리깔고는 고분고분 대답했습니다.

서장은 서류를 다 작성하고는 말했습니다.

“기소가 될지 어떨지는 그건 검사님이 정할 일이지만, 자네의 신원인수인에게 전보나 전화로 오늘 요코하마 검사국으로 와 달라

고 부탁하는 편이 좋을 거야. 누군가 있겠지? 자네의 보호자나 보증인이 될 사람이."

시부타라고 아버지의 도쿄 별장에 드나들던 서화 골동품상이 있는데 우리와 같은 고향 사람으로, 아버지의 비서 역할도 하던 마흔 살이나 된 땅딸막한 독신남이 우리 학교 보증인이라는 걸 생각해 냈습니다. 그 남자의 얼굴, 특히 눈초리가 넙치를 닮았다고 해서 아버지는 언제나 그를 '넙치'라고 불렀고 저도 그렇게 부르는 데 익숙했습니다.

저는 경찰의 전화번호부를 빌려서 넙치의 집 전화번호를 찾아냈습니다. 넙치에게 전화를 걸어 요코하마 검사국으로 와 달라고 부탁했더니 넙치는 사람이 변한 듯 거만한 말투였지만 그래도 어쨌든 오겠다고 했습니다.

"어이, 그 전화기, 바로 소독하는 게 좋겠어. 혈담이 나온다니까."

다시 보호실로 돌아와 앉자 서장이 큰 목소리로 순경들에게 지시하는 게 보호실까지 들렸습니다.

점심때가 지나 저는 가느다란 밧줄에 몸이 묶였습니다. 망토로 가릴 수 있게 허락받았는데 그 밧줄 끝을 젊은 순경이 단단히 잡고는, 둘이 함께 전차를 타고 요코하마로 향했습니다.

조금도 불안하지 않았습니다. 경찰 보호실도 나이 든 순경도 그리워질 지경이니 아아, 저는 어째 이 모양일까요? 죄인으로 포박되자 오히려 마음이 놓이고 느긋하게 마음이 가라앉으니 그때의 추억을 지금 쓰려니 정말로 편하고 즐거운 기분이 듭니다.

그러나 그 시절 그리운 추억 중에서 단 하나, 식은땀이 서 말은 날 정도로 평생 잊을 수 없는 비참한 실수가 있었습니다. 저는 검사국의 어두컴컴한 방에서 검사에게 간단한 취조를 받았습니다. 마흔 살 전후로 보이는 검사는 조용하고(만일 제가 잘생겼다고 해도 분명 그것은 소위 부정하고 음탕한 미모였겠지요. 그러나 그 검사의 얼굴은 '올바른 용모'라고 부르고 싶을 만큼 총명하고 차분한 분위기를 풍겼습니다) 사소한 일에 연연하지 않는 인품을 지닌 것 같아서 저도 전혀 경계하지 않고 멍하니 진술하고 있었습니다. 그런데 갑자기 기침이 나와 저는 품속에서 손수건을 꺼냈다가 얼핏 손수건에 묻은 피를 보고, 어쩌면 기침이 도움이 될지도 모른다는 얄팍한 생각에 두 번 정도 콜록콜록 가짜 기침을 과장되게 하고는 손수건으로 입을 가린 채 검사의 얼굴을 힐끗 보았습니다. 그 순간 그가 말했습니다.

"진짜야?"

차분한 미소였습니다. 식은땀이 서 말은 흘렀습니다. 아니, 지금 생각해도 당황스러워 어찌할 바 모르겠습니다. 중학교 시절, 그 바보 다케이치의 "일부러 그랬지?"라는 말에 등에 칼을 맞고 지옥으로 굴러떨어졌던 당시의 심정보다 더 하다 해도 결코 과언이 아니었습니다. 이 두 가지가 제 생애에서 대실패한 연기입니다. 저는 검사에게 그런 조용한 모멸을 당하느니 차라리 10년 형을 언도받는 편이 훨씬 나았다고 생각할 정도였습니다.

저는 기소유예 처분을 받았습니다. 하지만 전혀 기쁘지 않았고 세상에 두 번 다시 없을 비참한 기분으로 검사국 대기실의 벤치에 앉아 저를 데리러 올 넙치를 기다렸습니다.

등 뒤 높은 창문으로 저녁노을에 붉게 물든 하늘이 보였고 갈매기가 '女' 모양으로 날고 있었습니다.

세 번째 수기

1

다케이치가 말한 두 가지 예언 중 하나는 들어맞았고 하나는 빗나갔습니다. 여자들이 반할 것이라는 명예롭지 못한 예언은 맞았습니다만 틀림없이 위대한 화가가 되리라는 축복의 예언은 빗나갔습니다.

저는 겨우 조잡한 잡지의 별 볼 일 없는 무명 만화가가 되었을 뿐입니다.

가마쿠라 사건 때문에 고등학교에서 쫓겨난 저는 '넙치네 집' 2층의 한 평 반짜리 방에 기거했습니다. 고향에서는 다달이 극히 소액의 돈이, 그것도 직접 저에게가 아니라 넙치에게 몰래 부쳐지는 모양이었습니다만(게다가 그 돈은 고향의 형들이 아버지 몰래 보내 주는 것 같았습니다) 단지 그뿐, 그 외에는 고향과의 관계가 완전히 끊겼습니다. 넙치는 늘 기분이 안 좋은 상태여서 제가 간살부리는 웃음을 지어도 웃지 않았습니다. 인간이 이토록 간단히 그야말로 손바닥 뒤집듯이 변할 수 있을까 싶을 정도로 야비하게, 아니, 오히려 우스우리만큼 지독히 변한 모양새로

"밖에 나가면 안 돼요. 아무튼 나가지 마세요."

라는 말만 저에게 하는 것이었습니다.

넙치는 제가 자살할 우려, 즉 여자 뒤를 쫓아 다시 바다에 뛰어들 위험이 있다고 판단했는지 저의 외출을 엄하게 금했습니다. 하지만 술도 못 마시고 담배도 못 피우고, 그저 아침부터 밤까지 2층 방에서 고타쓰에 기어들어 낡은 잡지나 읽으며 얼빠진 생활을 하다 보니 자살할 기력조차 없었습니다.

넙치의 집은 오쿠보 의학전문대학 근처에 있었습니다. '서화 골동품점, 청룡원'이라는 간판 글씨가 제법 허세를 부렸지만 한 건물에 세 든 두 집 중 하나로, 가게 입구도 좁고 가게 안은 먼지투성이에 너절한 잡동사니만 늘어놓고(당연히 넙치는 그 가게의 잡동사니로 장사를 하는 것이 아니라 어느 높으신 분의 소중한 물건 소유권을 다른 높으신 분에게 양도하는 일을 해 돈을 버는 모양이었습니다) 가게에 앉아 있는 적은 거의 없이 대개 아침부터 심각한 얼굴로 서둘러 나가 버렸습니다. 가게 보는 일은 열일고여덟 살 된 점원 아이 하나가 지켰는데 그 아이가 나를 감시하는 역할도 맡았습니다. 그런데 그 아이는 틈만 나면 근처 아이들과 밖에서 캐치볼을 하면서도 2층의 식객을 아주 바보나 미치광이로 생각하는지 저에게 어른처럼 설교까지 하는 겁니다. 저는 남들과 말다툼을 못 하는 성격이라 피곤한 듯 감탄한 듯한 얼굴로 귀를 기울이며 복종했습니다. 점원은 시부타의 사생아이지만 말 못 할 사정이 있는지 시부타는 친자식이라는 사실을

밝히지 못했고, 또한 시부타가 독신인 것도 그와 관련된 듯한데 저도 예전에 집안사람들로부터 그에 관한 소문을 얼핏 들은 것 같기도 하고 제가 원래 남의 이야기에는 별로 흥미를 느끼지 못하는 편이라 깊은 내막은 전혀 모릅니다. 그러나 그 점원의 눈초리도 묘하게 생선 눈을 연상시키는 것을 보면 어쩌면 정말로 넙치의 사생아……, 그렇다면 두 사람은 정말로 외로운 부자지간입니다. 2층에 있는 저 몰래 늦은 밤 두 사람은 소바 같은 걸 배달시켜 아무 말 없이 먹곤 했습니다.

넙치의 집에서는 언제나 그 점원이 식사를 차렸는데 2층에 있는 골칫거리의 식사만 따로 개인상을 차려서 그 점원 아이가 삼시 세끼 2층으로 가져다주었고, 넙치와 점원은 계단 아래 눅눅한, 두 평 조금 넘는 작은 방에서 달그락달그락 접시나 작은 사발 부딪히는 소리를 내면서 급하게 식사를 했습니다.

3월이 저무는 어느 날 저녁, 넙치는 뜻하지 않은 돈벌이라도 물었는지 아니면 뭔가 다른 책략이라도 있는지(이 두 가지 추측이 모두 맞는다고 해도, 아마도 또 다른 몇 가지의, 저로서는 도저히 추측할 수 없는 자잘한 원인도 있었겠지만) 보기 드물게 술까지 차려 놓은 아래층의 식탁으로 저를 불러 넙치가 아닌 참치 회를 대접하면서, 그런 주인 스스로 감탄하고 칭찬하면서 멍하니 앉아 있는 식객한테도 술을 조금 권하며 물었습니다.

"도대체 앞으로 어쩔 생각인가요?"

저는 그 말에 대답도 않고 식탁 위 접시에서 정어리포를 집어 그 작은 생선들의 은빛 눈알을 바라보고 있노라니 취기가 스멀스멀 올라왔습니다. 그러자 마음대로 놀러 다니던 시절이 그립고, 호리키

마저 그립고, 절실히 '자유'가 그리워서 가냘픈 울음이 터지려고 했습니다.

이 집에 오고 나서는 광대짓을 할 의욕도 없어서 그저 넙치와 점원의 멸시에 몸을 맡기고 있었습니다. 넙치 역시 저와 속을 터놓고 이야기하는 것을 피하는 눈치였고, 저도 그 넙치를 쫓아다니며 뭔가를 호소할 마음이 나지 않았기에 저는 완전히 얼빠진 얼굴을 한 식객이 되어 있었습니다.

"기소유예는 전과 몇 범이 된다든지, 그런 건 아닌 모양이에요. 그러니까 당신의 마음가짐 하나로 갱생을 할 수도 있습니다. 만약 당신이 마음을 바르게 고쳐먹고 자진해서 저랑 진지하게 의논한다면 저도 생각해 보겠습니다"

넙치의 말투는 아니, 세상 모든 사람의 말투는 이런 식으로 까다롭고 어딘가 애매하고 발뺌이라도 하듯 복잡 미묘합니다. 그 대부분이 하나 마나 한 말로 엄중하게 경계를 하면서도 술책이 난무합니다. 저는 당혹하여 언제나 될 대로 되라는 식으로 어릿광대짓을 하며 얼버무리거나 무언의 수긍으로 모든 것을 맡기겠다는 이른바 패배주의적인 태도를 취했습니다.

이때에도 넙치가 저에게 다음과 같이 간단히 보고했더라면 그것으로 되었을 일입니다. 나중에야 그 사실을 알고는 넙치의 불필요한 조심성, 아니, 세상 사람들의 불가해한 허세와 체면치레에 참으로 우울한 마음이 들었습니다.

넙치는 그때, 그냥 이렇게 말하면 되었습니다.

"공립이건 사립이건 어쨌든 4월부터 아무 학교나 들어가세요. 당신 생활비는 학교에 들어가면 고향에서 좀 더 넉넉하게 보내 주기로 했습니다."

한참 뒤에 알았지만 사실은 그랬던 것입니다. 그렇게 말해 주었다면 저도 그 말을 따랐겠지요. 그러나 넙치가 이상하리만치 조심하느라 빙빙 에둘러 말한 바람에 묘하게 뒤틀리게 되었고 제 삶의 방향도 완전히 달라져 버렸습니다.

"진지하게 의논할 마음이 없다면 어쩔 수 없지만요."

"무슨 의논이요?"

저는 조금도 짐작 가는 것이 없었습니다.

"그건 당신 마음속에 있지 않나요?"

"이를테면?"

"이를테면이 아니라, 당신은 앞으로 어쩔 생각인가요?"

"일을 하는 게 좋을까요?"

"아니, 당신의 생각은 도대체 어떠냐고요."

"하지만, 학교에 다니려고 해도……."

"그야, 돈이 필요하겠지요. 그러나 문제는 돈이 아닙니다. 당신의 마음가짐이지."

돈은 고향에서 보내 주기로 되어 있노라고 왜 한마디 해 주지 않았을까요? 그 한마디에 따라 저도 마음을 정했을 텐데, 저는 오리무중에 빠졌습니다.

"어때요? 뭔가 장래 희망 같은 게 있습니까? 도대체, 사람을 돌봐 준다는 게 얼마나 힘든 일인지 보살핌을 받는 사람은 모를 겁니다."

"죄송합니다."

"정말 걱정입니다. 저로서는 일단 당신을 돌보기로 한 이상, 당신이 어설픈 상태로 지내는 건 원치 않습니다. 당당하게 갱생의 길을 가겠다는 각오를 보여 주기를 바랍니다. 이를테면 당신의 장래 계획을 진지하게 나와 의논한다면 나도 응할 생각입니다. 하긴 이렇게 가난한 넙치가 돕는 거니 예전처럼 호사스러움을 바란다면 기대를 벗어나겠지요. 하지만 마음을 굳게 먹고 장래 계획을 확실히 세워 나와 의논해 준다면 비록 미약하지만 당신의 갱생을 위해 도움을 드리고자 합니다. 아시겠어요, 제 심정을? 대관절 당신은 이제부터 어쩔 작정이죠?"

"여기 2층에 더 있기 어렵다면 일을 해서……."

"진심으로 그런 말을 하는 거예요? 요즘 같은 세상에는 아무리 제국대학을 나와도……."

"아니요, 샐러리맨이 되려는 게 아닙니다."

"그러면, 뭐죠?"

"화가요."

큰맘 먹고 그 말을 꺼냈습니다.

"뭐라고요?"

그때 목을 움츠리며 웃던 넙치의 얼굴에 어린 교활의 그림자를 저는 잊을 수가 없습니다. 경멸하는 표정 같기도 하면서 그것과는 또 다른, 이 세상을 바다에 비유한다면, 천 길 바닷속 깊숙한 심해에 그 기묘한 그림자가 떠돌고 있을 것 같은, 어른들 삶의 가장 밑바닥이 슬쩍 비친 듯한 웃음이었습니다.

그래서는 이야기가 되지 않는다, 전혀 마음이 확고히 서지 않았다, 잘 생각해 봐라, 오늘 하룻밤 진지하게 생각해 봐라, 하는 말을 듣고는 저는 쫓기듯이 2층으로 올라가 자리에 누웠으나 이렇다

할 생각이 떠오르지 않았습니다. 그러다 새벽녘에 넙치의 집에서 도망쳤습니다.

"저녁때, 틀림없이 돌아오겠습니다. 왼쪽에 적어 놓은 친구 집에, 장래에 대해 의논하러 다녀올 테니 걱정 마십시오. 정말입니다."

하고 편지지에 연필로 큼지막하게 쓴 다음, 아사쿠사에 사는 호리키 마사오의 주소와 이름을 적어 놓고는 슬그머니 넙치의 집을 나왔습니다.

넙치에게 잔소리를 들은 것이 분해서 도망친 게 아닙니다. 정말이지 저는 넙치의 말대로 마음이 확고하지 못한 사나이라 장래 계획이고 뭐고 모르겠고, 더 이상 넙치의 집에서 신세를 진다는 것은 넙치에게도 미안하고, 만에 하나 제가 분발할 마음이 생겨 뜻을 세운다고 해도 그 갱생 자금을 저 가난한 넙치가 매달 대 준다고 생각하니 너무도 마음이 괴로워 견딜 수 없었기 때문입니다.

그러나 저는 이른바 '장래 계획'을 정말로 호리키 따위에게 의논할 생각으로 넙치 집을 나온 것이 아니었습니다. 그저 잠시나마 일순간이라도 넙치를 안심시키려고(그 사이에 제가 조금이라도 멀리 도망치려는 탐정소설 같은 계획으로 그런 편지를 썼다기보다는, 아니 그런 생각도 어딘가 조금은 있었겠지만, 그보다는 갑자기 넙치에게 충격을 주어 혼란스럽게 하고 당황하게 하는 것이 두려웠다고 하는 편이 좀 더 정확할 것 같습니다. 어차피 들킬 게 뻔한데, 사실대로 말하는 것이 두려워서 꼭 장식을 꾸미는 것이 저의 애처로운 버릇입니다. 그것은 세상 사람들이 '거짓말쟁이'라고 부르며 멸시하는 성격과 비슷하지만, 저 자신이 이익을 얻으려고 그러한 장식을 단 적은 거의 없습니다. 그저 흥이 깨지고 갑작스럽게 바뀐 분위기가 질식할 정도로 두려워서 나중에 손해 보는 것을 알면서도 그 '필사적인 서비스', 그것이 설령 비뚤어지고 미약하고 어리석은 짓이라도 봉사하는 마음으로 결국 한마디 장식을 하고 마는 경우가 많았던 것 같습니다. 그러나 이 버릇 또한 이른바 '정직한 세상 사람들'에게 실컷 이용만 당했습니다) 그때 문득 기억의 밑바닥에서 떠오른 대로 호리키의 이름과 주소를 편지지 끝에 써 두었을 뿐입니다.

저는 넙치의 집을 나와 신주쿠까지 걸어가서는 품속에 지니고 있던 책을 팔았지만 역시 어쩌면 좋을지 몰라 막막했습니다. 저는 누구에게나 사근사근하기는 해도, '우정'이란 것을 한 번도 실감해 보지 못했습니다. 호리키처럼 놀 때만 만나는 친구는 차치하더라도, 모든 교제에서 단지 고통만 느낄 뿐이어서 그걸 완화해 보려고 열심히 어릿광대짓을 하다 오히려 녹초가 됐고, 겨우 안면이나 있는 사람을 보거나, 그 비슷한 얼굴을 길거리에서 보기만 해도 가슴이 철렁해서 갑자기 현기증이 날 정도로 불쾌한 전율에 휩싸이는 꼴이라 남들한테 호감을 사는 법은 알아도 남을 사랑하는 능력은 부족한 것 같았습니다(저는 원래 세상 사람들 역시 과연 '사랑'의 능력을 지니고 있는지 궁금합니다). 그런 저에게 이른바 '친구' 같은 것이 생길 리가 없었고, 더구나 저에게는 남의 집을 '방문'할 능력도 없었습니다. 제게 남의 집 대문은 저 『신곡』에 나오는 지옥문보다 더 으스스하며 그 문 안에는 무시무시한 용 같은 비린내 나는 괴수가 꿈틀거리는 기척을 과장이 아니라 실제로 느꼈습니다.

어느 누구와도 어울리지 못한다. 그 어디도 찾아갈 곳이 없다.

호리키.

그야말로 농담이 진담이 된 격이었습니다. 편지에 쓴 대로 저는 아사쿠사의 호리키를 찾아가기로 한 것입니다. 지금까지 내가 호리키의 집을 찾아간 적은 한 번도 없었고 대개는 전보로 호리키를 불러냈지만, 지금은 그 전보료조차 부담되었습니다. 게다가 비뚤어진 심정으로 처량한 신세를 한탄하는 전보를 쳐 봐야 호리키가 와 주지 않을 것 같아서 내키지 않아도 그의 집을 '방문'하기로 했습니다. 한숨을 쉬며 전차에 오르고 나서 이 세상에서 내가 의지할 수 있는 게 호리키 단 하나뿐인가, 그렇게 생각하니 등골이 오싹해지는 처절한 기분에 휩싸였습니다.

호리키는 집에 있었습니다. 너저분한 골목 안쪽의 2층집이었습니다. 호리키는 2층에 하나뿐인 세 평짜리 방을 쓰고, 아래층에서는 호리키의 노부모가 젊은 직공과 셋이서 끈을 꿰매고 박으며 게다를 만들고 있었습니다.

호리키는 그날 도회지 사람의 새로운 면모를 보여 주었습니다. 흔히들 말하는 깍쟁이 습성이었습니다. 시골 사람인 저는 깜짝 놀라 눈이 휘둥그레질 만큼 차갑고 교활한 에고이즘이었습니다. 그는 저처럼 그저 한없이 흘러가는 사나이가 아니었던 것입니다.

"너한테 아주 질렸어. 아버지한테 용서받았어? 아직이야?"

도망쳐 나왔다고는 말할 수 없었습니다.

저는 여느 때처럼 얼버무렸습니다. 호리키가 금세 알아차릴 게 뻔한데도 얼버무렸습니다.

"그건, 어떻게든 되겠지."

"이봐, 웃을 일이 아니라고. 충고하겠는데 바보짓도 이쯤에서 그만두지. 난 오늘 볼일이 좀 있어. 요즘 되게 바쁘거든."

"볼일이라니, 무슨?"

"이봐, 이봐, 방석 실 좀 끊지 마."

저는 이야기하면서 제가 깔고 있는 방석의 네 귀퉁이에 달린 실 하나를 무의식중에 손가락 끝으로 만지작거리다가 쑤욱 잡아당기고 있었던 것입니다. 호리키는 자기 집 물건이라면 방석의 실 한 올도 아까운지 부끄러워하는 기색도 없이 그야말로 눈에 쌍심지를 켜고 저를 나무랐습니다. 생각해 보니 호리키는 이제까지 저와 사귀면서 무엇 하나 잃은 것이 없었습니다.

호리키의 노모가 단팥죽 두 그릇을 쟁반에 담아 가져왔습니다.

"아, 이런!"

하며 호리키는 진정한 효자인 것처럼 노모를 향해 황송해했고 말투도 부자연스러울 정도로 공손하게 말했습니다.

"죄송합니다. 단팥죽인가요? 굉장한데요? 이렇게 신경 쓰지 않으셔도 되는데. 볼일이 있어서 바로 나가야 하거든요. 아뇨, 하지만 모처럼 어머님의 자랑거리인 단팥죽을 해 주셨는데 아까워서 안 되겠어요. 잘 먹겠습니다. 너도 한 그릇 먹어 보지? 어머님께서 일부러 만들어 오셨으니. 야아, 이거 정말 맛있다. 굉장해요."

전혀 연극만은 아닌 듯 호리키는 무척 기뻐하며 맛있게 먹었습니다. 저도 그것을 후루룩 마셨지만 비릿한 냄새가 났습니다. 다음으로 새알심을 먹어 보았는데 새알심이라고 말할 수 없는, 저로서는 실체를 알 수 없는 맛이었습니다. 그 속에 넣은 것도 떡이 아니라 뭔지 모를 것이었습니다. 저는 결코 가난을 경멸하는 것이 아닙니다. (저는 그때 그 단팥죽을 맛없다고 생각하지 않았고 또한 노모의 성의도 가슴 깊이 느꼈습니다. 저는 가난에 대한 공포심은 있어도 경멸심은 없습니다) 그 단팥죽과, 단팥죽에 기뻐하는 호리키를 통해 저는 도시 사람의 검소한 근성, 혹은 안과 밖을 딱 잘라 구분하여 사는 도쿄 사람들의 실체를 발견할 수 있었습니다. 안팎으로 그저 끊임없이 삶에서 도망치기만 하는 얼간이인 저는 호리키에게마저 버림받았으며 완전히 소외된 것 같아 당황스러웠고, 칠이 벗겨진 젓가락을 쓰면서 견딜 수 없는 외로움을 느꼈다는 사실을 언급해 두고 싶은 것뿐입니다.

"미안하지만, 난 오늘 볼일이 좀 있어."

호리키는 일어나서 웃옷을 입으며 말했습니다.

"이만 실례하겠네. 미안하지만."

그때 호리키에게 여자 손님이 찾아와 제 운명도 크게 바뀌었습니다.

호리키는 갑자기 활기를 띠며 말했습니다.

"아, 죄송합니다. 지금 당신한테 가려던 참이었는데 이 사람이 갑자기 찾아와서, 아니, 상관없습니다. 자, 들어오세요."

호리키는 어지간히 당황했는지 제가 그 여자에게 깔고 앉은 방석을 뒤집어 권하려 하자 그는 제 방석을 잡아채더니 다시 뒤집어 놓고는 여자에게 권했습니다. 그 방에는 호리키의 방석 말고는 손님용 방석이 하나밖에 없었습니다.

그 여자는 마르고 키가 컸습니다. 여자는 그 방석을 옆으로 밀어 놓고는 방문 가까운 한쪽 구석에 앉았습니다.

저는 멍하니 두 사람의 대화를 듣고 있었습니다. 여자는 잡지사 사람인 듯, 호리키에게 작은 삽화인지 뭔지 전에 부탁해 놓은 것을 받으러 온 모양이었습니다.

"좀 급해서요."

"다 되었습니다. 진작에 다 해 놨죠. 자 여기 있습니다."

그때 전보가 왔습니다.

그 전보를 읽은 호리키는 방금 전의 즐거운 표정이 금세 험악해지더니 저에게 말했습니다.

"쳇! 이봐, 이거 어떻게 된 거야?"

넙치에게서 온 전보였습니다.

"어쨌든 당장 돌아가 줘. 내가 데려다주면 좋겠지만, 난 지금 그럴 시간이 없어. 가출한 주제에 태평한 낯짝이라니!"

"댁이 어느 쪽이세요?"

"오쿠보입니다."

나도 모르게 대답했습니다.

"그렇다면, 회사 근처네요."

여자는 고슈 태생으로 나이는 스물여덟이었습니다. 여자는 고엔지 아파트에서 다섯 살 된 딸과 살고 있었습니다. 남편과 사별한 지 3년이 되었다고 했습니다.

"당신은 무척이나 고생하며 자란 사람 같아요. 귀신같이 눈치가 빨라요. 가엾게도."

처음으로 정부情夫 같은 생활을 했습니다. 시즈코(그 여기자의 이름입니다)가 신주쿠에 있는 잡지사에 일하러 나가면 저하고 시게코라는 다섯 살배기 계집아이하고 둘이서 얌전하게 집을 지켰습니다. 이전에 엄마가 없을 때 시게코는 아파트 관리인의 방에서 논 모양인데, '눈치 빠른' 아저씨가 놀이 친구로 나타나서 굉장히 신이 난 것 같습니다.

일주일 정도 멍하니 저는 그곳에 있었습니다. 아파트 창문 바로 근처 전깃줄에 얏코다코[14]가 하나 걸려 있었는데, 봄날의 먼지바람에 휘날리고 찢기고, 그런데도 제법 끈질기게 전선에 매달려 떨어지지도 않고 마치 고개를 끄덕이듯 하며 붙어 있기에, 저는 그것을 볼 때마다 쓴웃음이 나 얼굴을 붉혔고, 꿈속에까지 나타나 가위눌렸습니다.

"돈이 필요한데."

"……얼마나?"

"많이. ……돈 떨어지면 정도 떨어진다는 말 있잖아. 정말 그렇더라."

"어이없어. 그런, 케케묵은……."

"그래? 하지만 당신은 모를 거야. 이대로 가다간 나 도망칠지도 몰라."

"도대체 누가 가난하다는 거고 누가 도망친다는 건데? 이상하네."

"내가 벌어서 그 돈으로 술을, 아니, 담배를 사고 싶어. 그림도 내가 호리키보다 훨씬 잘 그리거든."

이때 제 뇌리에 자연스럽게 떠오른 것은 중학교 시절, 다케이치가 이른바 '도깨비'라고 하던 몇 장의 자화상이었습니다. 잃어버린 걸작, 그 그림들은 여러 차례 이사 다니는 사이에 없어졌지만 그것만큼은 확실히 뛰어난 그림이었다는 생각이 듭니다. 그 후 이것저것 그려 봤지만 아무리 해도 그 추억 속의 명작 수준에는 미치지 못해서 언제나 가슴이 텅 빈 듯한 상실감에 괴로워했습니다.

14 奴凧(やっこだこ). 에도시대 무가의 하인이 팔을 벌린 모습을 본떠 만든 연.

마시다 남은 압생트absinthe 한 잔.

저는 영원히 치유받지 못할 상실감을 그렇게 표현했습니다. 그림 이야기가 나오자 남은 한 잔의 압생트가 어른거려서 '아, 그 그림을 이 사람에게 보여 주고 싶다. 그리고 내 재능을 믿게 하고 싶다'라는 초조감에 몸부림쳤습니다.

"호호, 그래요? 당신은 진지한 얼굴로 농담을 하니까 귀여워."

'농담이 아니야, 정말이라니까. 아, 그 그림을 보여 주고 싶다'라고 헛도는 번민을 하다가 갑자기 마음을 바꾸어 체념하고는 말했습니다.

"만화 말이야, 적어도 만화라면 호리키보다 더 잘 그린다고."

어릿광대짓으로 얼버무린 말을 시즈코는 진지하게 받아들였습니다.

"그래요. 실은 나도 감탄하고 있었어. 시게코에게 늘 그려 주는 만화를 보면 그만 나까지 웃음이 터지거든. 한번 해 보면 어떨까요? 우리 회사 편집장에게 부탁해 볼게."

그 회사는 별로 유명하지 않았지만 아이들을 대상으로 한 월간 잡지를 발행하고 있었습니다.

……당신을 보면 대부분 여자가 무언가를 해 주고 싶어서 가만히 있지를 못하죠. ……언제나 안절부절못하면서도 웃기는 소리를 잘한다니까. ……이따금 몹시 침울해 있지만 그 모습이 더욱 여자들의 마음을 자극하거든.

시즈코는 그 밖에 갖가지 말로 나를 치켜세워 주었지만 '그게 바로 정부의 더러운 습성이다'라고 생각하면 더욱 '침울'해질 뿐 전혀 기운이 나지 않았습니다. 여자보다는 돈, 어쨌든 시즈코한테서 벗어나 자립해 보겠다고 마음먹고 궁리를 해 봤지만 오히려 더 시즈코에게 의지하지 않으면 안 되는 처지가 되었고, 가출 후 거의 모든 것을 전부 남자 못지않은 고슈 여자의 도움으로 해결했기 때문에 저는 점점 더 시즈코와의 관계를 어찌할지 '주저주저'하게 되었습니다.

시즈코의 주선으로 넙치, 호리키, 시즈코 세 사람의 회담이 있고 나서, 저는 고향으로부터 완전히 의절당한 대신 시즈코와 '떳떳이' 동거에 들어갔습니다. 게다가 시즈코가 분주하게 애써 준 덕분에 저는 만화로 돈을 벌게 되어 그 돈으로 술도 사고 담배도 샀습니다만, 저의 불안과 우울은 점점 더 심해질 뿐이었습니다. 그야말로 밑바닥까지 가라앉은 채로 시즈코 회사 잡지에 연재하는 「긴타와 오타의 모험」을 그리고 있노라면, 문득 고향 집이 생각나 너무도 쓸쓸한 나머지 펜이 움직이질 않아, 고개를 푹 숙이고 눈물 흘린 적도 있습니다.

그때 저를 구원해 준 이는 시게코였습니다. 그 무렵 시게코는 아무 거리낌 없이 저를 '아빠'라고 불렀습니다.

"아빠, 기도드리면 하느님께서 뭐든 다 주신다는데, 정말이야?"

저야말로 기도를 드리고 싶은 심정이었습니다.

아, 저에게 냉철한 의지를 주소서. 제가 '인간'의 본질을 알게 해 주소서. 인간이 인간을 밀쳐 내도 죄가 되지 않는 건가요? 그렇다면 저에게 분노의 마스크를 주소서.

"응, 그래. 시게코에게는 뭐든 다 주시겠지만 아빠한텐 안 주실지도 몰라."

저는 하느님조차 두려워하고 있었습니다. 하느님의 사랑은 믿지 못하면서 그 벌만은 믿었던 것입니다. 신앙. 그것은 단지 하느님의 채찍을 받기 위해 고개를 숙이고 심판대로 향하는 것 같다는 생각이 들었습니다. 지옥은 믿을 수 있었지만 천국의 존재는 도저히 믿어지지 않았습니다.

"왜 안 줘?"

"부모님 말씀을 안 들었으니까."

"그래? 아빠는 정말 좋은 사람이라고 다들 그러던데."

'그것은 내가 속이고 있기 때문이다. 이 아파트에 사는 사람 모두 나에게 호의를 보이는 것은 나도 안다. 하지만 나는 얼마나 그들을 두려워하는가.' 두려워할수록 그들은 나를 좋아해 주고, 또한 그들이 나를 좋아할수록 나는 두려워져서 모두에게서 멀어져야 하는 이 불행한 병적 습관을 시게코에게 설명하기란 지극히 어려운 일이었습니다.

"시게코는 하느님께 뭘 부탁하고 싶어?"

저는 아무렇지 않은 듯 화제를 바꿨습니다.

"난 있잖아, 진짜 아빠를 갖고 싶어."

가슴이 섬뜩해지고 어질어질 현기증이 났습니다. 적敵. 제가 시게코의 적인지 시게코가 저의 적인지 모르지만 어쨌든 여기에도 저를 위협하는 무서운 '어른'이 있었습니다. 타인. 불가사의한 타인. 비밀투성이의 타인. 시게코의 얼굴이 갑자기 그렇게 보였습니다.

'시게코만은……'이라고 생각했는데, 역시 이 아이도 '갑자기 등에를 때려죽이는 소꼬리'를 가지고 있었던 것입니다. 저는 그 후로 시게코에게도 주저주저하게 되었습니다.

"색마! 집에 있나?"

호리키가 다시 저를 찾아오기 시작했습니다. 가출한 날 그토록 저를 서운하게 한 녀석인데도 저는 거절하지 못하고 희미하게 웃으며 맞이했습니다.

"네 만화가 제법 인기 있다며? 아마추어는 무서움을 모르는 똥배짱이 있어서 당할 수가 없지. 하지만 방심하지 마. 데생이 전혀 돼먹지 않았으니까."

스승 같은 태도조차 보이는 겁니다. 저는 그 '도깨비' 그림을 이 녀석에게 보여 주면 어떤 얼굴을 할까 하고 헛바퀴 도는 부질없는 몸부림을 치며 말했습니다.

"그런 소리 마. 으악, 하는 비명이 나오니까."

호리키는 점점 더 의기양양하여 말했습니다.

"처세술에 능해도 언젠가 꼭 들통날걸."

능수능란한 처세술. ……저는 정말로 쓴웃음만 나왔습니다. 내가 처세술에 능하다니! 저처럼 인간을 두려워하고 피하고 속이는 것은 예의 속담, '긁어 부스럼' 따위의 영악하고 교활한 처세술을 따르는 것과 마찬가지인 걸까요? 아, 인간은 서로를 전혀 알지 못합니다. 아주 잘못 알고 있으면서 평생 깨닫지 못한 채 둘도 없는 친구로 지내다가 상대방이 죽으면 오열하면서 조사弔詞 따위나 낭독하는 존재 아닐까요?

여하튼 호리키는(시즈코가 억지로 부탁하니까 어쩔 수 없이 승낙했겠지만) 가출한 저의 뒤처리를 맡아 준 사람이었기에 마치 저의 갱생을 도운 대단한 은인이랄까, 중매쟁이인 양 행동하며 당연한 듯한 낯짝을 하고선 자고 가기도 하고, 5엔을(꼭 5엔이었습니다) 빌려 가기도 했습니다.

"그나저나 너도 이쯤에서 계집질 좀 관둬. 더 이상은 세상이

용납하지 않을 테니까."

도대체 세상은 무엇일까요? 복수하는 것일까요? 어디에 세상의 실체가 있을까요? 어쨌든 세상은 강력하고 혹독하고 무서운 것이라고만 생각하며 이제까지 살아오긴 했지만, 호리키의 말을 듣고는 문득

'그 세상이란 게 자네 아니야?'

하는 말이 혀끝까지 나왔지만 호리키를 화나게 하는 게 싫어서 말을 삼켰습니다.

'그건 세상이 용납하지 않는다.'

'세상이 아니라 자네가 용납하지 않는 거겠지.'

'그런 짓을 하면 세상이 자넬 가만두지 않을걸.'

'세상이 아니라 자네겠지.'

'이제 곧 세상에서 매장당할 거야.'

'세상이 아니라, 나를 매장하는 건 자네겠지.'

'너는 너 자신의 표독스러움, 기괴함, 악랄함, 능구렁이 같은 교활함, 요괴 할망구 같은 간사함을 알라!' 같은 오만 가지 말들이 마음속에서 오갔지만, 저는 그저 얼굴의 땀을 손수건으로 닦으며

"진땀 난다, 진땀!"

하며 웃었을 뿐입니다.

하지만 그 후로 저는 '세상이란 개인이 아닐까?'라는 사상 같은 것을 지니게 되었습니다.

그렇게 세상은 개인이라고 생각한 후로 이전보다는 좀 더 내 의지대로 움직일 수 있게 되었습니다. 시즈코의 말대로 저는 약간 멋대로 굴면서 주저주저하지 않게 되었습니다. 또한 호리키의 말대

로 이상하게 인색해졌습니다. 또한 시게코의 말을 빌리자면 시게코를 별로 귀여워하지 않게 되었습니다.

아무 말 없이 웃지도 않고 매일 시게코를 봐주면서 「긴타와 오타의 모험」이나, 「만사태평한 아빠」의 명백한 아류인 「만사태평 스님」이나, 또한 「성질 급한 핀」이라는 저조차도 뭐가 뭔지 모르는 될 대로 되라 식의 제목을 단 연재만화를 각 잡지사의 주문대로(차츰 시즈코의 회사 말고 다른 데서도 주문이 들어왔지만 모두 시즈코의 출판사보다 훨씬 천박한 삼류 출판사의 주문뿐이었습니다) 정말로 음울한 기분으로 느릿느릿(저의 펜놀림은 몹시 느린 편이었습니다) 그저 술값이나 벌 생각으로 그렸습니다. 그리고 시즈코가 회사에서 돌아오면 임무를 교대하듯 훌쩍 밖으로 나가 고엔지 역 부근의 포장마차나 스탠드바에서 독한 싸구려 술을 마신 후 알딸딸하게 기분이 좋아져서 아파트로 돌아와 말했습니다.

"보면 볼수록 이상한 얼굴이야, 당신은. '만사태평 스님'의 얼굴은 실은 당신의 잠든 얼굴에서 힌트를 얻은 거야."

"당신의 잠든 얼굴도 꽤 늙어 보여. 40대 남자 같아."

"당신 탓이야. 정기를 다 빨렸지. 물의 흐름과 사람의 신세느은. 끙끙대서 무엇 하리오. 강가의 버드으나무."

"소란 피우지 말고 빨리 주무세요. 아니면 식사할래요?"

시즈코는 침착한 태도일 뿐 전혀 상대해 주지 않습니다.

"술이라면 마시지. 물의 흐름과 사람의 신세느은. 사람의 흐름과, 아니, 물의 흐르음과 물의 신세느은."

노래를 부르고 시즈코가 옷을 벗겨 주면 그녀 가슴에 얼굴을 파묻고 잠이 드는 것이 제 일상이었습니다.

그렇게 그 이튿날도 같은 일을 반복하며
어제와 다름없는 관습을 따르면 된다.
격한 대환락을 피하기만 하면
자연히 큰 슬픔도 찾아오지 않는다.
앞길을 가로막는 거치적거리는 돌을
두꺼비는 돌아서 지나간다.

우에다 빈上田敏[15]이 번역한 '샤를 크로'[16] 시인의 시를 발견했을 때 저는 얼굴이 확 타올랐습니다.

두꺼비.

'그게 나야. 세상이 용납하건 말건 상관없어. 매장되어도 상관없어. 나는 개나 고양이보다 열등한 동물이야. 두꺼비. 느릿느릿 움직일 뿐이지.'

점차 음주량이 늘어 갔습니다. 고엔지 역 부근만이 아니라 신주쿠, 긴자까지 가서 마시고 외박하는 일도 있었습니다. 그저 더 이상 '관습'을 따르지 않으려고 바에서 무뢰한 흉내를 내보기도 하고 닥치는 대로 키스도 해 봤지만, 결국 다시 정사 사건 이전의, 아니 그때보다 더 거칠고 야비한 술꾼이 되어 갔습니다. 돈이 궁해서 전당포에 맡기려고 시즈코의 옷을 들고 나올 지경이었습니다.

이곳에 와서 그 찢어진 연을 보며 쓴웃음을 지은 지도 어느덧 1년이 넘어 벚나무에 어린잎이 돋아날 무렵, 저는 다시금 시즈코의

15 일본의 문학평론가이자 시인이며 소설가. 상징시 운동의 선구적 작가. 주로 유럽 문학을 일본에 소개했다.
16 Guy Charles Cros(1842~1888). 프랑스의 시인, 화학자.

허리띠랑 속옷을 몰래 들고 나가 전당포에서 돈을 마련하고도 긴자에서 술을 마시면서 이틀 밤을 외박했습니다. 사흘째 되던 날 밤, 컨디션이 너무 안 좋아서 무의식중에 발소리를 죽여 가면서 시즈코 방까지 갔는데 안에서 시즈코와 시게코의 이야기가 들렸습니다.

"왜 술을 마셔?"

"아빠는 술이 좋아서 마시는 게 아니야. 너무 착한 사람이라, 그래서……."

"착한 사람은 술을 마시는 거야?"

"꼭 그런 건 아니지만……."

"아빠가 틀림없이 깜짝 놀라겠지?"

"싫어하실지도 몰라. 이것 봐. 상자에서 뛰어나왔어."

"'성질 급한 핀' 같아."

"그러게."

정말로 행복한 듯한 시즈코의 낮은 웃음소리가 들렸습니다.

문을 살짝 열고 들여다보니 하얀 아기 토끼가 보였습니다. 깡충깡충 온 방 안을 뛰어다니는 아기 토끼를 잡으려고 모녀가 뒤쫓고 있었습니다.

'행복하구나, 이 사람들은. 나 같은 얼간이가 이 두 사람 사이에 끼어들면 머지않아 두 사람을 망쳐 놓겠지. 소박한 행복. 착한 모녀. 아, 만약에 하느님이 나 같은 놈의 기도를 들어 주신다면 딱 한 번, 평생에 단 한 번만이라도 좋으니 행복하고 싶어.'

저는 그 자리에 쭈그리고 앉아서 합장하고 싶은 기분이었습니다. 살짝 문을 닫고 다시 긴자로 갔고 다시는 그 아파트로 돌아가지 않았습니다.

그리고 저는 교바시 근처에 있는 스탠드바 2층에서 다시 정부 노릇을 하는 처지로 뒹굴거리며 지냈습니다.

세상. 저도 그럭저럭 어렴풋이 알 것 같습니다. '개인과 개인이 서로 투쟁하는 게 세상이며, 그 투쟁은 그 순간을 위한 것이며 이기면 그만인 것이다. 인간은 결코 인간에게 복종하지 않는다. 노예조차 노예다운 비굴한 보복을 하기 마련이다. 그러니까 인간은 순간의 단판 승부에 의지하지 않고는 살아남을 방도가 없다. 대의명분 따위를 부르짖지만 실상 노력하는 목적은 개인을 위해서이며, 개인을 뛰어넘으면 또 개인, 세상의 난해함은 결국 개인의 난해함이며, 대양大洋은 세상이 아니라 개인인 것이다'라고 생각하니 세상이라는 넓은 바다의 환영에 대한 두려움에서 다소 해방되어, 예전처럼 이것저것 끝없이 걱정하지도 않고, 당장 필요한 것에 따라 뻔뻔스럽게 행동하는 법을 익혔습니다.

고엔지의 아파트를 나와 교바시 스탠드바의 마담에게 가서는

"헤어지고 왔어."

그 한마디로 충분했습니다. 즉 단판 승부는 결판이 나서 그날 밤부터 저는 막무가내로 스탠드바의 2층에서 살게 되었습니다. 그러나 무서울 줄 알았던 '세상'은 저에게 아무런 해를 끼치지 않았고, 또한 저도 '세상'에 아무런 변명도 하지 않았습니다. 마담의 생각이 그렇다면 그걸로 다 괜찮았기 때문입니다.

저는 그 가게의 손님 같고 남편 같고 심부름꾼 같고 친척 같아 보여서 정체를 전혀 알 수 없는 존재였을 텐데도, '세상'은 전혀 의아해하지 않았고 단골손님들도 저를 "요조, 요조" 하고 부르며 무척 다정히 대해 주며 술을 권하기도 했습니다.

저는 점차 세상을 경계하지 않게 되었습니다. '세상은 그렇게 무서운 곳이 아니다'라고 생각하게 되었습니다. 즉 이제까지 제가 느낀 공포감이란 봄바람에는 백일해균이 몇 십만 마리, 목욕탕에는 눈을 멀게 하는 균이 몇 십만 마리, 이발소에는 대머리 만드는 세균이 몇 십만 마리, 전차 손잡이에는 옴벌레가 우글우글, 또한 생선회나 덜 익힌 소고기, 돼지고기에는 촌충의 유충이나 디스토마 같은 무슨무슨 알이 반드시 숨어 있고, 또한 맨발로 걸으면 발뒤꿈치에 조그만 유리 파편이 박혀서 그게 몸속을 돌아다니다가 눈알을 찔러 실명시키는 일도 있다는 등, 이른바 '과학의 미신'에 겁먹고 있었던 것이나 마찬가지였습니다. 물론 몇 십만 마리의 세균이 떠다니며 우글거리고 있다는 것은 '과학적'으로도 정확한 사실이겠지요. 그와 동시에 그 존재를 완전히 묵살하기만 하면 그것은 저와 티끌만치도 관련이 없게 되어 곧바로 사라져 버리는 '과학의 유령'에 불과하다는 사실도 저는 알게 되었습니다. 도시락에 남긴 밥알 세 개, 천만 명이 하루에 세 개씩만 남겨도 그건 쌀 몇 가마를 헛되이 내다 버리는 꼴이 된다거나, 혹은 천만 명이 휴지 한 장씩만 절약하면 얼마만큼의 펄프가 남는다거나 하는 '과학적 통계' 따위에 얼마나 협박당했으며, 밥알 한 개를 남길 때마다, 또 코를 풀 때마다 산더미 같은 쌀, 산더미 같은 펄프를 낭비하는 듯한 착각에 괴로워하고, 자신이 지금 중대한 범죄를 저지르고 있는 것 같아서 기분이 어두워지곤 했습니다. 그러나 그것은 바로 '과학의 허상', '통계의 허상', '수학의 허상'일 뿐 밥알 세 개는 모을 수 있는 것도 아니고 곱셈 또는 나눗셈의 응용문제라고 쳐도 정말이지 대단히 원시적이고 저능한 테마로, 전등이 켜지지 않은 어두운 변소 구멍에 인간은 몇 번에 한 번꼴로 발을 헛디

뎌서 빠지는가, 혹은 전차 출입문과 플랫폼 사이의 틈새에 승객 중 몇 명이 발을 빠뜨리는가, 그러한 확률을 계산하는 것과 마찬가지로 어리석은 짓이지요. 그런 일이 정말 있을 것 같지만 발을 헛디뎌 변소 구멍에 빠져서 다쳤다는 사례는 전혀 들어본 적이 없습니다. 그런 가설을 '과학적 사실'이라고 배우고 그것을 철저히 진짜 현실로 믿어 겁에 질려 있던 어제까지의 저 자신이 처량해서 웃음이 터져 나올 지경이랄까요. 저는 세상이라는 것의 실체를 조금씩 알게 되었습니다.

그렇게 말은 해도 저는 인간이라는 존재가 여전히 두려웠고 가게 손님을 대할 때도 술을 한 잔 벌컥 들이켜지 않으면 안 되었습니다. 무서운 것을 보면 두려워하지만 계속 보고 싶어 하는 심리랄까요? 무서워하긴 해도 작은 동물을 오히려 꽉 쥐는 것처럼 저는 매일 밤 술에 취해서는 가게 손님들에게 졸렬한 예술론을 떠들어 댔습니다.

만화가. 아, 그러나 나는 큰 기쁨도, 또한 큰 슬픔도 없는 무명의 만화가. 나중에 아무리 커다란 비애가 찾아와도 좋으니, 거칠고 큰 기쁨을 맛보고 싶다고 내심 초조해하면서도 당시 저의 기쁨이란 손님들과 쓸데없는 이야기를 나누며 술을 얻어먹는 일뿐이었습니다.

교바시로 와서 한심한 생활을 1년 가까이 하면서 저의 만화도 어린이 대상 잡지뿐만 아니라 역에서 판매하는 조악하고 외설스러운 잡지 같은 데까지 실리게 되었습니다. 저는 조시 이키타[17]라는 장

17 上司幾太. '정사, 살았다情死, 生きた'와 같은 발음의 이름.

난조의 필명으로 추잡한 누드화 따위를 그린 다음, 거기에 대개 『루바이야트Rubáiyát』[18]의 시구를 삽입시켜 두는 일이 많았습니다.

쓸데없는 기도 따위, 관두라니까
눈물 자극하는 것 따위, 내던져라
자, 한잔 마시자, 좋은 일만 떠올리고
쓸데없는 근심 따위 잊어버려

불안이나 공포로 사람을 위협하는 놈들은
스스로 지은 엄청난 죄가 무서워
죽은 자의 복수에 대비하려고
머릿속으로 끊임없이 계략을 꾸민다네

어젯밤 술을 퍼마시고 내 가슴은 기쁨에 가득 찼는데
오늘 아침 깨어나니 그저 황량하기만 하네
의아하구나. 하룻밤 사이
달라져 버린 이 기분

벌 따위 생각하지 마라
멀리서 울리는 북소리처럼
왠지 그 녀석은 불안하다
방귀 뀐 것까지 일일이 죄로 간주하면 못 산다

18 페르시아의 수학자, 천문학자이자 시인인 우마르 하이얌의 4행시집.

정의가 인생의 지침이라고?
그렇다면 피로 물든 전쟁터에
암살자의 칼끝에
어떤 정의가 깃들었다는 거냐?

어디에 지도의 원리가 있다는 거냐
어떠한 예지의 빛이 있다는 거냐
아름답고도 무서운 것은 이 세상이니
연약한 인간은 감당 못 할 짐을 짊어지고

어쩔 수 없는 정욕의 씨앗을 뿌린 죄로
선이다, 악이다, 죄다, 벌이다, 하며 저주받을 뿐
그저 갈팡질팡 흔들릴 뿐
억눌러 깨부술 힘도 의지도 없는 탓에

어딜 얼마나 정처 없이 방황하고 돌아다닌 거냐
뭐? 비판 검토 재인식?
칫, 헛된 꿈을, 있지도 않은 환상을
헤헤, 술을 잊었으니 모두 어리석은 생각이지
자, 이 끝없이 펼쳐진 하늘을 보라
그 속에 톡 떠 있는 한 점 티끌 아닌가
이 지구가 어째서 자전하는지 알게 뭐야?
자전 공전 반전도 제 맘대로인걸

도처에서 지고至高한 힘을 느끼고
모든 나라 모든 민족에게서
동일한 인간성을 발견하는
나는 이단자라네

모두 성경을 잘못 읽어서 그래
그렇지 않으면 상식도 지혜도 없는 거지
살아 있는 육신의 기쁨을 금하고 술을 끊으라 하고
됐어, 무스타파, 난 그런 거 죽도록 싫어

호리이 료호 옮김, 『루바이야트』에서

그런데 그 무렵, 저에게 술을 끊으라고 권하는 처녀가 있었습니다.

"안 돼요. 매일 대낮부터 술에 취해 있으면."

술집 건너편 조그만 담뱃가게의 열일고여덟 살쯤 되는 아가씨였습니다. 요시코라는 아이로 얼굴이 희고 덧니가 있습니다. 담배를 사러 갈 때마다 그 아이는 웃으면서 제게 충고하곤 했습니다.

"왜 안 되지? 어째서 나쁘냐고? '닥치는 대로 술을 마시고, 인간이여, 증오를 없애라, 증오를 없애라, 없애'라는 옛날 페르시아의, 관두자, '슬프고 지쳐 있는 가슴에 희망을 가져다주는 건 거나하게 취하게 하는 옥배玉杯뿐이라고. 알겠어?"

"모르겠어요."

"이 녀석, 키스해 버린다."

"하세요."

전혀 부끄러워하는 기색도 없이 아랫입술을 쑥 내미는 것이었습니다.

"이 바보야, 정조 관념……."

그러나 요시코의 표정에서는 분명 그 누구에게도 더럽혀지지 않은 처녀의 향내가 났습니다.

새해가 되고 매섭게 춥던 어느 날 밤, 저는 술에 취하여 담배를 사러 갔다가 그 담뱃가게 앞 맨홀에 빠졌습니다. "요시코, 살려 줘!" 하고 소리쳤더니 요시코가 저를 발견하고는 끌어내어 오른팔의 상처를 치료해 주었습니다. 그때 요시코는 진지하게

"너무 많이 마시는군요."

하고 웃지도 않고 말했습니다.

저는 죽음은 조금도 두렵지 않았지만, 다쳐서 피가 나고 불구자가 되는 것은 딱 질색이었기 때문에 요시코에게 팔의 상처를 치료받으며, '이제 술도 끊어야 하나'라고 생각했습니다.

"끊을게. 내일부터 한 방울도 마시지 않을 거야."

"정말?"

"꼭 끊을게. 끊으면 요시코, 내 각시 할래?"

각시 이야기는 농담이었습니다.

"'물'이죠."

'물'이란 '물론'의 줄임말이었습니다. 그 당시 '모보'(모던보이)라든지 '모거'(모던걸)라든지 하는 여러 가지 줄임말이 유행하고 있었습니다.

"좋아, 손가락 걸고 약속하지. 꼭 끊을게."

그러고는 다음 날, 저는 역시 대낮부터 마셨습니다.

저녁나절이 되자 비틀비틀 밖으로 나가 요시코의 가게 앞에 서서 소리쳤습니다.

"요시코, 미안, 마셔 버렸어."

"어머, 말도 안 돼. 취한 척하다니."

가슴이 철렁했습니다. 술이 확 깨는 기분이었습니다.

"아니, 정말이야. 정말로 마셨어. 취한 척하는 게 아니야."

"놀리지 마요. 참 못됐어."

의심하려고도 하지 않았습니다.

"보면 알 거 아니야. 오늘도 대낮부터 마셨다고. 용서해 줘."

"연기가 아주 능숙하군요."

"연기가 아니라니까, 바보야. 키스해 버린다."

"하세요."

"아니, 난 자격이 없어. 각시가 되어 달라고 했던 것도 포기해야겠어. 얼굴 좀 봐 봐. 빨갛지? 정말 마셨다니까."

"그건, 석양 때문에 그렇죠. 날 속이려 하다니, 안 돼요. 어저께 약속했는데 마실 리가 없잖아요. 손가락까지 걸었는데. 술을 마셨다니 거짓말, 거짓말, 거짓말."

어두컴컴한 가게 안에 앉아서 미소 짓고 있는 요시코의 하얀 얼굴. '아, 더러움을 모르는 버지니티virginity는 고귀한 것이다. 나는 지금까지 나보다 젊은 처녀와 자 본 적이 없다. 결혼하자. 그 때문에 나중에 아무리 큰 슬픔이 찾아온다 해도 좋다. 거칠고 사납지만 큰 기쁨, 평생 단 한 번뿐이라도 좋다. 처녀성의 아름다움은 바보 같은 시인의 달콤한 감상의 환영에 지나지 않는다고 생각했지만 역시 이 세상에 존재하는 것이었구나. 결혼해서 봄이 되면 둘이서 자전거를 타고 아오바 폭포를 보러 가야지'라고 그 자리에서 결심하고는 이른바 '단판 승부'로 그 꽃을 훔치는 데 전혀 주저하지 않았습니다.

그리하여 우리는 결혼했고 그로 인해 얻은 기쁨은 결코 크다고 할 수 없지만 그 후에 찾아온 슬픔은 처참하다는 말로도 부족할 만큼 정말로 상상을 초월할 만큼 컸습니다. '세상'은 역시 제게 한없이 무서운 곳이었습니다. 단판 승부로 결정될 만큼 '세상'은 결코 만만한 게 아니었습니다.

2

호리키와 나.

서로 경멸하면서 교제하고, 그러면서 서로를 무가치하게 만들어 가는 것이 세상 사람들이 말하는 소위 '교우'라는 것이라면 저와 호리키도 확실히 '교우' 관계임에 틀림없습니다.

저는 스탠드바 마담의 의협심에 의지하여(여자의 의협심이라니, 기묘한 표현이기는 합니다만 제 경험에 의하면, 적어도 도회지 남녀의 경우 남자보다는 여자 쪽이 그 의협심이라는 것을 잔뜩 지니고 있었습니다. 남자들은 대체로 겁쟁이에, 체면치레에만 신경 쓰고 인색했습니다) 담뱃가게 요시코를 처로 맞을 수가 있었습니다. 쓰키지의 스미다 강 근처 목조로 된 2층짜리 작은 아파트 건물의 1층에 방 하나를 얻어 둘이 살았습니다. 술을 끊고 이제 슬슬 제 직업이 되기 시작한 만화 일에 열중했고 저녁 식사 후에는 둘이서 영화를 보러 가기도 하고 돌아오는 길에는 다방에 들르기도 하고, 또 화분을 사 오기도 했습니다. 아니, 그보다도 저를 진심으로 믿어 주는 이 어린 신부의 이야기를 듣거나 그녀의 행동을 바라보는 것이 즐거워서 이러다가 나도 어쩌면 점점 인간다운 인간이 되어 비참한 죽음을 맞이하지 않아도 되지 않을까, 하는 달콤한 생각을 어렴풋이나마 가슴에 품기 시작하던 참에 호리키가 다시 제 눈앞에 나타났습니다.

"어이, 색마! 아니? 이제 좀 철든 얼굴인데? 오늘은 고엔지 여사의 심부름으로 왔네."

하고는, 갑자기 목소리를 낮추어 부엌에서 차를 준비하고 있는 요시코 쪽을 턱으로 가리키며 "괜찮아?"라고 묻기에

"상관없어. 무슨 말이든 괜찮아."

하고 저는 침착하게 대답했습니다.

사실 요시코는 신뢰의 천재라 할 만큼 교바시 바 마담과의 관계는 물론, 제가 가마쿠라에서 저지른 일을 알려 주어도, 쓰네코와의 사이를 의심하지 않았습니다. 그것은 제가 거짓말을 잘해서가 아니라 때로는 적나라하게 샅샅이 파헤치듯 말했는데도 요시코한테는 그것이 모두 농담으로밖에 들리지 않는 모양이었습니다.

"거들먹거리는 꼴은 여전하군. 뭐, 대단한 일은 아니고 이따금 고엔지 쪽에도 놀러 와 달라는 전언이라네."

잊을 만하면 괴조怪鳥가 날개를 펄럭이며 날아와서 기억의 상처를 부리로 쪼아 터뜨립니다. 순식간에 과거의 수치와 죄의 기억이 생생히 눈앞에 펼쳐져 '으악!' 하는 비명이 터져 나올 정도의 공포 때문에 가만히 있을 수가 없는 지경이 됩니다.

"한잔할까?"

제 말에

"좋지."

대답하는 호리키.

저와 호리키. 둘은 겉모습이 닮았습니다. 꼭 닮은 인간인 것처럼 느껴질 때도 있었습니다. 물론 그것은 여기저기 싸구려 술을 마시며 돌아다닐 때만 그렇다는 얘기일 뿐, 어쨌든 둘이 얼굴을 마주하면 금세 똑같은 모습, 똑같은 털을 가진 개로 변해서 눈 오는 거리를 마구 날뛰고 싸돌아다니게 되는 것입니다.

그날 이후로 우린 다시금 옛정을 되살리게 되어 교바시의 그 작은 바에도 함께 갔고, 마침내 곤드레만드레 술에 취한 두 마리 개는 고엔지의 시즈코 아파트에도 찾아가서 자고 오게 되었습니다.

그 일은 잊으려야 잊을 수가 없습니다. 어느 무더운 여름밤이었습니다. 호리키는 해 질 무렵 후줄근한 유카타를 입고 쓰키지에 있는 우리 아파트에 와서는, "오늘 좀 쓸 데가 있어서 여름옷을 전당포에 맡겼는데, 그 사실을 어머니가 아시면 정말 곤란해. 당장 다시 찾아왔으면 하시니 아무튼 돈 좀 빌려줘"라는 겁니다. 공교롭게도 저도 돈이 없었기 때문에 여느 때처럼 요시코에게 그녀의 옷을 전당포에 맡기게 해서 돈을 마련하여 호리키에게 빌려주었습니다. 그러고도 아직 조금 돈이 남았기에 그 돈으로 요시코에게 소주를 사 오라고 하여, 아파트 옥상으로 올라갔습니다. 그러고는 스미다 강에서 이따금 슬며시 불어오는 시궁창 냄새나는 바람을 맞으며 정말이지 구질구질하기 짝이 없는 납량 특집 연회를 벌였습니다.

우린 그때 희극명사, 비극명사 알아맞히기를 시작했습니다. 이것은 제가 발명한 놀이로 명사에는 전부 다 남성명사, 여성명사, 중성명사의 구별이 있지만, 그와 동시에 희극명사, 비극명사의 구별도 있어야 한다. 이를테면 기선과 기차는 둘 다 비극명사이고, 전차와 버스는 모두 희극명사다. 왜 그런지 그 이유를 모르는 자는 예술을 논할 자격이 없다. 희극에 한 개라도 비극명사를 끼워 넣은 극작가는 이미 그 자체만으로도 낙제이고, 비극의 경우도 역시 마찬가지라는 원리였습니다.

"준비됐어? 담배는?"

제가 물으면

"트래(트래지디의 준말)."

하고 호리키가 즉각 대답합니다.

"약은?"

"가루약이야, 알약이야?"

"주사약."

"트래."

"그럴까? 호르몬 주사도 있는데."

"아니, 단연 트래지. 주삿바늘 자체가 훌륭한 '트래'잖아."

"좋아, 봐주지. 하지만 약이나 의사는 말이야, 의외로 '코미'(코미디의 준말)라고. 죽음은?"

"코미. 목사나 중도 마찬가지지."

"아주 훌륭해. 그리고 삶은 '트래'지."

"아니야, 그것도 '코미'야."

"아니, 그러면 뭐든 다 '코미'가 되잖아. 그럼 한 가지만 물어보겠는데, 만화가는? 설마 코미라고는 하지 않겠지?"

"트래, 트래. 대비극명사!"

"뭐야, 빅 '트래'는 너잖아."

이렇게 실없는 말장난처럼 되어 버리면 재미없지만 그래도 우린 그 놀이를 전 세계 어느 살롱에도 일찍이 없던 재치 만점 놀이라며 득의양양했습니다.

또 한 가지, 저는 그 당시 이와 비슷한 놀이를 발명했습니다. 그것은 반의어(앤터님antonym) 알아맞히기였습니다. 검정의 앤트(앤터님의 준말)는 하양, 그러나 하양의 앤트는 빨강, 빨강의 앤트는 검정.

"꽃의 앤트는?"

제가 묻자 호리키는 입술을 샐룩거리며 잠시 생각하더니 말했습니다.

"음, 화월花月이라는 요릿집이 있으니까, 달이겠지."

"아니, 그건 앤트가 아니야. 오히려 동의어(시노님synonym)지. 별과 제비꽃도 시노님이잖아. 앤트가 아니야."

"알았어. 그러면, 꿀벌이다."

"꿀벌?"

"모란에는…… 개미인가?"

"뭐야, 그건 그림의 모티브잖아. 얼렁뚱땅 넘어가면 안 돼."

"알았다! 꽃에 떼구름."

"달에 떼구름이겠지."

"아, 맞다. 꽃에 바람, 바람이다. 꽃의 앤트는 바람."

"참 어설프다. 그건 나니와부시[19] 가사잖아. 수준 참 알 만하다."

"아니, 비파다."

19 浪花節(なにわぶし). 샤미센 반주에 맞춰 부르는 민요.

"더 이상해. 꽃의 앤트는 말이야, 모름지기 이 세상에서 가장 꽃답지 않은 것, 그런 걸 들어야지."

"그러면, 그…… 잠깐! 뭐야, 여자?"

"말이 나온 김에, 여자의 앤트는?"

"창자."

"자네는 도무지 시를 모르는군. 그렇다면 창자의 앤트는?"

"우유."

"어라, 이번엔 좀 괜찮군. 그런 식으로 하나 더. 부끄러움. 옹트 honte의 앤트는?"

"철면피지. 유행 만화가 '조시 이키타'."

"호리키 마사오는?"

이쯤 해서 둘은 점점 웃음이 사라지고 소주 특유의 취기가 올라와 마치 유리 파편이 머릿속에 가득 찬 것 같은 음울한 기분이 되어 갔습니다.

"건방진 소리 하지 마. 난 아직 너처럼 포박당하는 치욕을 당한 적이 없어."

깜짝 놀랐습니다. 호리키는 내심 나를 제대로 된 인간으로 취급하지 않았구나. 나를 단지 반송장, 몰염치한 바보 같은 괴물, 이른바 '살아 있는 송장'으로밖에 알아주지 않는구나. 그러면서도 자신의 쾌락을 위해 나를 이용할 수 있는 만큼 이용하는, 딱 그 정도의 '교우' 관계였다고 생각하니 썩 좋은 기분은 아니었습니다. 하지만 한편으로는 '호리키가 저를 그렇게 여기는 게 당연한 일인 것이 나는 옛날부터 인간 자격이 없는 어린아이였기 때문이다. 어쩌면 호리키한테조차 경멸당하는 것도 당연한 일이지'라는 생각에

"죄. 죄의 앤트는 뭘까? 이건 좀 어렵다."

아무렇지도 않다는 표정을 지으며 물었습니다.

"법률이지."

호리키가 태연히 그렇게 대답하기에, 저는 호리키의 얼굴을 다시 보았습니다. 근처 빌딩에서 깜빡이는 네온사인의 붉은빛을 받아, 호리키의 얼굴은 냉혈 형사처럼 위엄에 차 보였습니다. 저는 정말 어이가 없어서 말했습니다.

"죄라는 건, 이봐, 그런 게 아니야."

죄의 반의어가 법률이라니! 하지만 세상 사람 모두 그 정도로 간단히 생각하며 태연하게 살고 있는지도 모릅니다. 형사가 없는 곳이야말로 죄가 우글거린다고.

"그럼 뭐야, 하느님인가? 넌 좀 예수쟁이 냄새가 난단 말이야. 밥맛 없게시리."

"자, 그렇게 쉽게 처리하지 말게. 좀 더 둘이서 생각해 보자고. 이건 그래도 재미있는 테마잖아. 이 테마에 대한 대답 하나로 그 사람의 전부를 알 수 있을 것 같아."

"설마……. 죄의 앤트는 선이지. 선량한 시민. 즉 나 같은 사람."

"농담은 그만둬. 그렇지만 선은 악의 앤트지, 죄의 앤트가 아니야."

"악과 죄는 다른가?"

"다르다고 봐. 선악의 개념은 인간이 만든 거야. 인간이 멋대로 만든 도덕의 언어."

"거참 시끄럽네. 그럼 역시 하느님이겠지. 하느님, 하느님. 무엇이건 하느님으로 해 두면 틀림없어. 배고프군."

"지금 아래층에서 요시코가 누에콩을 삶고 있어."

"아이고 고마워라. 내가 좋아하는 건데."

양손을 머리 뒤에 끼고 벌렁 누웠습니다.

"너는 죄라는 것에 전혀 관심이 없는 모양이야."

"그야 그렇지. 너처럼 죄인이 아니니까. 난 여자에게 빠져 지내도 여자를 죽게 하거나 여자 돈을 등쳐 먹거나 하진 않아."

'죽인 게 아니야, 돈을 등쳐 먹은 게 아니야'라고 마음속 어딘가에서 희미하지만 필사적으로 항의하는 소리가 일었지만, 다시 '아니야, 내가 나쁜 놈이야'라고 곧바로 다시 고쳐 생각하는 이 습성.

아무래도 저는 정면으로 맞서 논쟁을 하지 못하나 봅니다. 소주의 음울한 취기 때문에 시시각각 기분이 험악해지려는 것을 간신히 억누르며 혼잣말처럼 중얼거렸습니다.

"하지만 감옥에 들어가는 것만이 죄가 아니야. 죄의 앤트를 알게 된다면 죄의 실체도 파악할 수 있을 것 같은데, ……하느님, ……구원, ……사랑, ……빛, ……그러나 하느님에게는 사탄이라는 앤트가 있고, 구원의 앤트는 고뇌일 것이고, 사랑은 증오, 빛에는 어둠이라는 앤트가 있지. 선에는 악, 죄와 기도, 죄와 참회, 죄와 고백, 죄와…… 아, 전부 다 시노님이야. 죄의 반의어는 뭐지?"

"'죄(쓰미)'의 반의어는 '꿀(미쓰)'이지. 꿀처럼 달콤하거든. 아, 배고프다. 아무거나 먹을 것 좀 갖고 와."

"네가 갖고 오면 될 거 아니야!"

거의 난생처음이라고 할 만큼 격한 분노의 목소리가 터졌습니다.

"좋아, 그렇다면 아래층에 내려가서 요시코와 둘이 죄를 범하고 오지. 논쟁보다는 실제 답사. 죄(쓰미)의 앤트는 미쓰마메[20], 아니, 누에콩인가?"

호리키는 거의 혀가 꼬부라질 정도로 취해 있었습니다.

"맘대로 해. 당장 꺼져 버려!"

"죄와 공복, 공복과 누에콩, 아니, 이건 시노님인가?"

호리키는 아무렇게나 되는 대로 지껄이면서 일어났습니다.

죄와 벌. 도스토옙스키. 언뜻 그런 것들이 뇌리를 스치자 저는 순간적으로 생각이 떠올랐습니다. '만약 도스토옙스키가 죄와 벌을 시노님으로 생각하지 않고 앤터님으로 나란히 놓은 것이라면? 죄와 벌, 절대로 서로 통할 수 없는 것, 얼음과 숯처럼 서로 겉도는 것. 죄와 벌을 앤트로 생각한 도스토옙스키의 비릿한 해감, 썩은 연못, 난마처럼 얽힌 밑바닥, ……아, 알 것 같다. 아니, 아직……'

그렇게 뇌리에 주마등이 빙글빙글 돌고 있을 때

"어이! 굉장한 누에콩이야. 이리 와 봐!"

호리키의 목소리도 얼굴빛도 변해 있었습니다. 호리키는 방금 전 비틀비틀 일어나 아래층에 내려갔나 싶었는데 다시 돌아온 것입니다.

"뭔데?"

묘하게 살기를 띠며 둘은 옥상에서 2층으로, 2층에서 다시 1층의 제 방으로 내려가다가 계단 중간에서 호리키가 멈추어 서더니

"저것 봐!"

20 달콤한 디저트로, 삶은 완두콩 등을 그릇에 담고 꿀이나 당밀을 뿌린 것.

하고 작은 소리로 말하며 손가락으로 가리켰습니다.

제 방 위쪽의 작은 창이 열려 있고 그곳으로 방 안이 보였습니다. 환한 전깃불 아래 두 마리 짐승이 있었습니다.

저는 어질어질 현기증이 나면서 이 또한 인간의 모습이다, 이 또한 인간의 모습이다, 놀랄 것도 없다 하고 거센 호흡과 더불어 가슴속으로 중얼거리며 요시코를 구할 생각도 잊은 채 계단에 못 박힌 듯 서 있었습니다.

호리키가 크게 헛기침했습니다. 저는 혼자 도망치듯이 옥상으로 뛰어 올라가 드러누워서 비를 머금은 여름밤 하늘을 우러러보았는데 그때 저를 엄습했던 감정은 분노도 아니고 혐오도 아니고 또한 슬픔도 아닌 엄청난 공포였습니다. 그것은 묘지의 유령 따위가 주는 공포가 아니라 신사의 삼나무 숲에서 흰옷 입은 신체神體와 맞닥뜨렸을 때 느낄지도 모를, 입을 굳게 다물게 하는 고대의 낯설고 음산한 공포였습니다. 그날 밤부터 흰머리가 나기 시작하여 마침내 모든 것에 자신감을 잃고 결국 한없이 의심하면서 삶에 대한 기대, 기쁨, 공명에서 영원히 멀어지게 되었습니다. 실로 그것은 제 생애에 결정적인 사건이었습니다. 저는 정통으로 미간에 상처를 입었으며 이후 누군가 제게 접근할 때면 그 상처가 쓰라렸습니다.

"동정은 가지만 너도 이 일로 조금은 깨달았을 거야. 이제 난 두 번 다시 여기에 오지 않을 거야. 이건 마치 지옥 같군. 그렇지만 요시코는 용서해 줘라. 너도 어차피 제대로 된 인간은 아니니까. 이만 실례하겠네."

거북한 장소에 오랫동안 머물러 있을 만큼 호리키는 멍청하지 않았습니다.

저는 혼자 소주를 마시고는 목 놓아 울었습니다. 얼마든지, 얼마든지 울 수 있었습니다.

어느새 등 뒤에 요시코가 누에콩을 수북하게 담은 접시를 들고 멍하니 서 있었습니다.

"아무 짓도 안 한다고 해서……."

"됐어. 아무 말도 하지 마. 당신은 남을 의심할 줄 모르니까. 앉아. 콩이나 먹자."

나란히 앉아서 콩을 먹었습니다. 아, 신뢰는 죄인가? 그 남자는 저에게 만화를 의뢰하고는 몇 푼 안 되는 돈을 거드름 피우며 두고 가는, 몸집이 작은 서른 전후의 무식한 장사꾼이었습니다.

물론 그 장사꾼은 그 뒤로 다시는 오지 않았습니다만, 저는 왜 그런지 잠 못 드는 밤이며 그 장사꾼에 대한 증오보다 처음 발견했을 때 큰 헛기침도 하지 않고, 아무것도 하지 않고, 저에게 알리러 다시 옥상으로 돌아온 호리키에 대한 증오와 분노가 불끈불끈 치솟아 신음했습니다.

용서하고 말 것도 없습니다. 요시코는 신뢰의 천재입니다. 남을 의심할 줄 몰랐던 겁니다. 그러나 그로 인해 커지는 비참함.

신에게 묻겠다. 신뢰는 죄입니까?

요시코가 더럽혀졌다는 사실보다 요시코의 신뢰가 더럽혀졌다는 사실은 제가 더 이상 살아갈 수 없을 고뇌의 씨앗이 되었습니다. 저처럼 꺼림칙하게 주저주저하며 남의 눈치만 살피고 남을 믿는 능력에 금이 가 버린 자에게 요시코의 순진무구한 신뢰심은 그야말로 아오바 폭포처럼 상쾌하게 여겨졌던 것입니다. 그것이 하룻밤 사이에 누런 오수로 변해 버렸습니다. 보라! 요시코는 그날 밤부터 저의 사소한 표정 하나 놓치지 않고 신경을 쓰게 되었습니다.

"이봐!" 하고 부르면 요시코는 흠칫해서 시선 둘 곳을 모르고 쩔쩔맵니다. 아무리 제가 웃겨 보려고 익살스러운 말을 해도 그녀는 허둥대며 흠칫흠칫 지나치게 저에게 존댓말을 썼습니다.

과연, 무구한 신뢰심은 죄의 원천인가요?

저는 유부녀가 겁탈당한 이야기책을 이것저것 찾아서 읽어 보았습니다. 하지만 요시코처럼 비참하게 능욕당한 여자는 없다고 생각했습니다. 애당초 이건 말도 안 되는 이야기입니다. 그 왜소한 상인과 요시코 사이에 조금이라도 사랑 비슷한 감정이 있었다면 제 마음도 오히려 편했을지 모르지만, 단지 여름날 밤 요시코가 그를 신뢰했고 그리고 그뿐인데 그 때문에 제 미간은 정통으로 갈라지고 목소리는 쉬어 버리고 젊은데도 흰머리가 나기 시작하고, 요시코는 어찌할 바를 몰라 하며 평생을 불안에 떨면서 살게 되었습니다. 대부분의 이야기는 아내의 '행위'를 남편이 용서할 것인지 아닌지에 중점을 두고 있는 것 같았습니다만, 그것은 제게 그다지 괴로운 문제가 아니었습니다. 용서한다, 용서하지 않는다, 그런 권리를 지닌 남편이야말로 행복한지고. 도저히 용서할 수 없다고 생각한다면 그렇게 야단법석을 떨 것도 없이 당장 처와 이혼하고 새 아내를 맞이하면 될 게 아닌가. 그럴 수 없다면 '용서하고' 참으면 된다. 어느 쪽을 선택하든지 남편의 기분 하나로, 사방팔방이 원만하게 수습되리라는 생각마저 들었습니다. 즉 그러한 사건은 분명히 남편에게 큰 충격이긴 하겠지만 그것은 단순한 '충격'일 뿐, 언제까지고 끊임없이 다시 밀려오고 밀어닥치는 파도와는 다르게 분노의 권리를 가진 남편이 어떻게든 처리할 수 있는 문젯거리라고 생각했습니다. 그러나 저희 경우는 남편에게 아무런 권리도 없고 생각해 보면 모두가 제 잘못인 듯한 생각이 들어, 화를 내기는커녕 싫은 소리 한마디 못 했고 또한 제 아내는 그녀가 지닌 보기 드문 미덕으로 인하여 능욕당한 것입니다. 더구나 그 미덕은 남편인 제가 일찍이 동경하던 무구한 신뢰심이라는, 더없이 가련한 것이었습니다.

순진무구한 신뢰심은 죄인가?

유일한 희망이자 믿었던 미덕조차 의혹을 품게 된 저는 이제 더 이상 뭐가 뭔지 알 수 없게 되었고 기댈 거라곤 그저 술뿐이었습니다. 저의 얼굴 표정은 극도로 천박해졌고 아침부터 소주를 마셨고 이가 썩어서 빠졌으며 만화도 거의 외설적인 그림 같은 것을 그렸습니다. 아니, 분명하게 말하겠습니다. 저는 그 무렵부터 춘화를 모사해서 밀매했습니다. 소주를 살 돈이 필요했기 때문입니다. 언제나 저에게서 시선을 돌리고 어찌할 바를 몰라하는 요시코를 보면 '전혀 경계심을 모르는 여자이니까 그 장사꾼과 한 번만이 아니지 않을까, 또 호리키는? 아니, 어쩌면 내가 모르는 사람하고도?'라고 의혹은 의혹을 낳았지만 그렇다고 과감히 그것을 추궁할 용기도 없어서 불안과 공포로 괴로워 몸부림치면서 그저 소주를 냅다 들이마시고 취해서는, 가까스로 비굴한 유도심문 같은 것을 흠칫거리며 시도해 보다가, 마음속으로는 어리석게도 일희일비하면서, 겉으로는 멋대로 어릿광대짓을 하고, 요시코에게 지옥 같은 끔찍한 애무를 하고서 정신없이 곯아떨어지는 것이었습니다.

그해 말 저는 밤늦게 잔뜩 취해 집에 돌아왔습니다. 요시코는 잠든 것 같아 설탕물이라도 마실까 하는 생각에 혼자 부엌으로 갔는데 설탕 단지를 찾아 뚜껑을 열어 보니 설탕은 하나도 없고 그 대신 검고 길쭉한 작은 종이 상자가 들어 있었습니다. 무심코 집어 들어 그 상자에 붙어 있는 라벨을 보고 깜짝 놀랐습니다. 그 라벨은 손톱으로 반 이상 벗겨져 있었지만 로마자 부분이 남아 있었고 거기에 또렷하게 쓰여 있었습니다. DIAL.

디알. 저는 그 무렵 오로지 소주만 마시고 수면제를 복용하지 않았습니다만, 불면은 저의 지병과도 같았기에 대부분의 수면제에 익숙했습니다. 이 디알 한 상자는 분명 치사량 이상일 겁니다. 아직 상자를 뜯지 않았지만 언젠가는 시도할 작정으로 이런 곳에, 게다가 라벨을 벗겨 내고 숨겨 둔 것이 틀림없었습니다. 가엾게도 그 아이는 라벨의 로마자를 읽지 못했기에 손톱으로 글자를 반쯤 벗겨 내고는 그걸로 됐다고 생각한 것이었겠지요.

'당신한테는 죄가 없어.'

저는 소리가 나지 않게 살그머니 컵에 물을 채웠습니다. 천천히 상자의 봉을 뜯어 전부 단숨에 입 안에 털어 넣고 컵의 물을 침착하게 다 마신 뒤 전깃불을 끄고 그대로 잤습니다.

사흘 밤낮을 저는 죽은 듯이 잠만 잤다고 합니다. 의사는 과실로 간주하여 경찰 신고는 유예해 주었다고 합니다. 정신이 들면서 맨 먼저 중얼거린 헛소리는 "집에 갈래"라는 말이었다고 합니다. 집이란 어디를 말하는 것인지 당사자인 저도 잘 모르겠습니다만, 하여튼 그렇게 말하고는 눈이 퉁퉁 붓도록 울었다고 합니다.

점차 안개가 걷히고, 눈떠 보니 머리맡에 넙치가 몹시 불쾌한 얼굴로 앉아 있었습니다.

"지난번에도 연말이었죠. 서로 눈이 핑핑 돌 정도로 바쁜데 언제나 연말을 노려서 이런 짓을 저지르니 내가 정말 죽을 지경입니다.”

넙치의 이야기를 들어 주고 있는 사람은 교바시의 마담이었습니다.

“마담.”

제가 불렀습니다.

“응, 왜? 정신이 들어?”

마담은 웃는 얼굴을 제 얼굴 위로 덮치듯이 내밀고 대답했습니다.

저는 눈물을 뚝뚝 흘리며 말했습니다.

“요시코와 갈라서게 해 줘.”

저로서도 뜻밖의 말이 나왔습니다.

마담은 몸을 일으키더니 가느다랗게 한숨을 쉬었습니다.

그러고 나서 저는, 정말 뜻밖에도, 우습기도 하고 바보 같기도 한, 형용하기 힘든 실언을 했습니다.

“난 여자가 없는 곳으로 갈 거야.”

와하하, 우선 넙치가 큰 소리로 웃었고 마담도 큭큭큭 웃음을 터뜨렸습니다. 저도 눈물을 흘리면서도 얼굴이 붉어져 쓴웃음을 지었습니다.

“응, 그러는 게 좋겠어.”

넙치는 꼴사납게 한참을 웃다가 말했습니다.

“여자가 없는 곳에 가는 편이 좋겠어. 여자가 있으면 아무래도 안 돼. 여자가 없는 곳이라니 좋은 생각이로군.”

여자가 없는 곳. 그러나 이 바보 같은 헛소리는 나중에 몹시 처참하게 실현되었습니다.

요시코는 제가 자기 대신 독약을 먹었다고 생각했는지 이전보다 한층 더 저에 대하여 어쩔 줄 몰라 했고 제가 무슨 말을 해도 웃지 않았으며 또한 제대로 말도 못 하는 지경이 되었습니다. 저도 아파트의 방 안에 있는 게 답답해서 그만 밖으로 나와 여전히 싸구려 술을 퍼마시게 되었습니다. 그러나 그 디알 사건 후 제 몸은 눈에 띄게 바싹 마르고 팔다리가 노곤하여 만화 그리는 일도 소홀해졌고, 넙치가 그때 병문안이라며 두고 간 돈으로(넙치는 그 돈을 "제 마음입니다"라며 정말로 자기가 주는 돈처럼 내밀었습니다만, 이것도 고향 형들이 보낸 돈인 듯했습니다. 저도 그 무렵에는 넙치네 집에서 도망쳐 나오던 때와는 달리 넙치의 젠체하는 연기를 어렴풋이나마 간파할 수 있게 되었고 저도 교활하게 전혀 알아차리지 못한 척 넙치에게 공손히 고맙다고 인사했습니다. 그러나 넙치가 어째서 그런 복잡한 계략을 쓰는 건지 알 것도 같고 모를 것도 같고, 아무래도 저로서는 이상하기만 했습니다) 맘먹고 혼자서 미나미이즈의 온천에 가 보기도 했습니다만, 도저히 그렇게 느긋한 온천 여행을 다닐 만한 성격도 못 된 데다 요시코를 생각하면 쓸쓸하기 그지없었고 여관방에서 산을 바라볼 만큼 차분한 심정과는 너무도 거리가 멀었습니다. 저는 여관에서 내준 도테라[21]로 갈아입지도 않고 탕에도 들어가지 않았으며 밖으로 뛰쳐나와서는 지저분한 찻집 같은 곳에 들어가, 소주를 그야말로 뒤집어쓰듯이 퍼마시고 건강이 한층 더 나빠져서 귀경했을 뿐입니다.

도쿄에 큰 눈이 내린 밤이었습니다. 저는 술에 취한 채 긴자 뒷골목을 "여기는 고향에서 몇 백 리, 여기는 고향에서 몇 백 리"라고

21 솜이 들어가 두껍고 따뜻하게 만든 일본 전통 겨울 방한용 덧옷.

작은 소리로 되풀이해 중얼거리듯이 노래를 반복하면서 여전히 내려서 쌓이는 눈을 신발 끝으로 차며 걷다가 갑자기 토했습니다. 그것이 저의 최초의 각혈이었습니다. 눈 위에 커다란 일장기가 그려졌습니다. 저는 잠시 쭈그리고 앉아 더럽혀지지 않은 눈을 두 손으로 쓸어 담아 얼굴을 씻으면서 울었습니다.

여기는 어디로 가는 샛길인가요.
여기는 어디로 가는 샛길인가요.

어린 소녀의 구슬픈 노랫소리가 환청처럼 희미하게 멀리서 들렸습니다. 불행. 이 세상에는 갖가지 불행한 사람들이, 아니 불행한 사람들만 있다고 해도 과언이 아니겠습니다만, 그 사람들의 불행은 이른바 세상을 향해 당당하게 항의할 수 있고, 또한 '세상'도 그 사람들의 항의를 쉽게 이해하고 동정해 줍니다. 그러나 저의 불행은 모두 저의 죄악에서 비롯된 것이라 그 누구에게도 항의할 수 없고, 만약 우물거리며 한마디라도 항의 비슷한 소리를 한다면, 넙치가 아니더라도 세상 사람 모두 '뚫린 입이라고 입을 함부로 놀린다'며 어이없어 할 것이 틀림없으니, 저는 도대체 흔히 말하는 '오만방자한 놈'인지 아니면 그 반대로 너무나 마음이 여린 놈인지 저도 잘 모르겠습니다만, 어쨌든 죄악 덩어리인 듯, 스스로 한없이 불행해져 갈 뿐, 그것을 막아 낼 구체적인 방도가 없었습니다.

저는 일어나서 일단 뭐든 적당한 약을 먹어야겠다는 생각에 근처의 약국으로 들어갔습니다. 약국 부인과 얼굴을 마주한 순간, 부인은 플래시 세례를 받은 사람처럼 고개를 들고 눈을 크게 뜨더니 그 자리에 얼어붙고 말았습니다. 그러나 크게 뜬 그 눈에는 경악의 빛도 혐오의 빛도 없이 마치 구원을 바라는 듯한, 그리워하는 듯한 기색이 나타나 있었습니다. '아, 이 사람도 분명 불행한 사람이다. 불행한 사람은 남의 불행에도 민감한 법이니까'라고 생각한 순간, 문득 그 부인이 목발을 짚고 위태롭게 서 있다는 사실을 알았습니다. 달려가고 싶은 생각을 억누르며 여전히 그 부인과 얼굴을 마주 보고 있으니 눈물이 났습니다. 그러자 부인의 큰 눈에서도 눈물이 철철 넘쳐흘렀습니다.

그 길로 한마디 말도 하지 않고 저는 그 약국에서 나와 비틀거리며 아파트로 돌아왔습니다. 요시코에게 소금물을 만들어 달라고 하여 마시고는 가만히 자리에 누웠습니다. 이튿날도 감기 기운이 있다고 거짓말을 하고는 하루 종일 잤습니다. 밤이 되자 저의 그 각혈이 아무래도 불안하여 견딜 수 없어서, 일어나 그 약국으로 가서 이번에는 웃으면서 부인에게 정말 솔직하게 지금까지의 몸 상태를 털어놓고 상담했습니다.

"술을 끊으셔야 해요."

우린 혈육 같았습니다.

"알코올중독이 되어 버렸는지도 모릅니다. 지금도 마시고 싶어요."

"안 돼요. 우리 주인 양반도 폐결핵 주제에 술로 균을 죽인다며 술에 빠져 있다가 스스로 수명을 단축시켰어요."

"불안해서 못 견디겠어요. 무서워서 도저히 안 되겠습니다."

"약을 드릴게요. 술만큼은 끊으세요."

부인은(과부로 사내아이가 하나 있지만 지바인지 어딘지의 의대에 들어갔다가 얼마 안 되어 아버지와 같은 병에 걸려서 휴학하고 입원 중이고, 집에는 중풍에 걸린 시아버지가 누워 있고 아주머니 자신은 다섯 살 때 소아마비에 걸려서 한쪽 다리를 전혀 쓰지 못했습니다) 목발을 달각달각 짚으며 저를 위하여 이쪽 선반, 저쪽 서랍에서 갖가지 약품을 챙겨 주었습니다.

이건 조혈제.

이건 비타민 주사액. 주사기는 이것.

이건 칼슘 정제. 위장 상하지 않게 디아스타제. 이건 뭐, 이건 뭐, 하면서 대여섯 종류의 약품에 대해 애정 어린 설명을 해 주었습니다. 그러나 이 불행한 부인의 애정 또한 저에게는 너무 과분했습니다. 마지막으로 부인이 이건 술을 마시고 싶어서 도저히 아무리 해도 견딜 수가 없을 때 먹는 약이라며 잽싸게 종이에 싸 준 작은 상자.

모르핀 주사액이었습니다.

술보다는 해가 덜할 거라고 부인도 말했고, 저도 그 말을 믿었습니다. 또 한편으로는 술기운이 어쩐지 불결하게 느껴지던 참이기도 했고, 오랜만에 알코올이라는 사탄으로부터 도망칠 수 있다는 기쁨도 있었기에 아무런 주저 없이 제 팔에 그 모르핀 주사도 놓았습니다. 불안감도 초조함도 수치심도 깨끗이 사라지고 저는 무척이나 명랑한 수다쟁이가 되었습니다. 또한 그 주사를 맞으면 저는 몸이 쇠약한 것도 잊고 만화 그리는 일에 열중하게 되어 그리면서도 스스로 웃음이 나올 정도로 희한한 아이디어가 나오는 것이었습니다.

하루에 주사 한 대만 놓으려던 것이 두 대가 되고 네 대가 되었을 무렵, 저는 이제 주사 없이는 일을 할 수 없게 되었습니다.

"안 돼요. 중독이 되면, 정말 큰일 나요."

약국 부인에게 그런 말을 들으니 저는 이미 상당한 중독자가 되어 버린 것 같아서(저는 남의 암시에 맥없이 걸려드는 성격입니다. "이 돈은 쓰면 안 돼"라고 말해도 "널 믿을 수가 있어야지"라는 말이 더해지면 쓰지 않으면 안 될 것 같은, 기대를 저버리는 듯한 묘한 감각이 일어나 반드시 곧바로 그 돈을 써 버렸습니다) 그 중독에 대한 불안 때문에 오히려 약품을 더 많이 찾게 된 것입니다.

"부탁이에요! 한 상자만 더. 계산은 월말에 꼭 할 테니."

"계산 같은 건 어느 때고 상관없지만, 경찰 단속이 워낙 심해서요."

아, 언제나 제 주위에는 탁하고 어둡고 어딘가 수상쩍은 음지에 사는 인간의 기운이 느껴집니다.

"그걸 어떻게든 속여 봐요. 부탁해요, 부인. 키스해 줄게요."

부인은 얼굴을 붉혔습니다.

저는 그 틈을 타서 말했습니다.

"약이 없으면 도무지 일이 되질 않아요. 저에겐 그게 강장제 같은 거예요."

"그렇다면 차라리 호르몬 주사가 낫겠어요."

"제가 바본 줄 아세요? 술이냐, 그 약이냐, 둘 중 하나가 아니면 일을 할 수가 없습니다."

"술은 안 돼요."

"그렇죠? 저는요, 그 약을 쓰게 된 뒤로 술은 한 방울도 마시지 않았어요. 덕분에 몸 상태가 아주 좋습니다. 저도 언제까지고 형편없는 만화 따위나 그리고 있을 생각 없다고요. 이제 술도 끊고 건

강도 회복하고 열심히 공부해서 반드시 훌륭한 화가가 되고 말겠어요. 지금이 중요한 때라고요. 그러니까 네? 부탁이에요. 키스해 드릴까요?"

부인은 웃으며 말했습니다.

"어떡하나. 중독이 되어도 난 몰라요."

딸각딸각 목발 소리를 내며 그 약을 선반에서 꺼냈습니다.

"한 상자는 드릴 수 없어요. 금방 다 써 버릴 테니까. 반만 드릴게요."

"쩨쩨하시긴. 뭐, 어쩔 수 없지."

집으로 돌아와 곧바로 한 대, 주사를 놓았습니다.

"아프지 않아요?"

요시코가 주뼛주뼛 저에게 물었습니다.

"그야 아프지. 하지만 일의 능률을 올리려면 싫더라도 이걸 하지 않을 수 없어. 내가 요즘 기운이 팔팔하지? 자, 일해야지. 일, 일."

하며 저는 떠들어 댔습니다.

한밤중에 약국 문을 두드린 적도 있습니다. 잠옷 차림으로 딸각딸각 목발을 짚고 나온 부인에게 와락 안겨 키스하고 우는 시늉을 했습니다.

부인은 아무 말 없이 저에게 한 상자를 건네주었습니다.

약품도 역시 소주와 마찬가지로, 아니, 그 이상으로 끔찍하고 불결한 것이라는 사실을 절감했을 때는 이미 저는 완전한 중독자가 되어 있었습니다. 정말로 몰염치의 극치였습니다. 저는 그 약품을 손에 넣고 싶다는 일념으로 또다시 춘화 모사를 시작했고, 불구의 약국 부인과 문자 그대로 추잡한 관계까지 맺었습니다.

'죽고 싶다. 차라리 죽고 싶다. 이젠 돌이킬 수가 없다. 뭘 해도 어떤 짓을 해도 더욱더 나빠질 뿐이다. 수치에 수치를 덧칠할 뿐이다. 자전거를 타고 아오바 폭포를 보러 가는 것 따위, 나로서는 바랄 수도 없다. 그저 더러운 죄에 한심한 죄가 더해져 고뇌가 증대되고 강렬해질 뿐이다. 죽고 싶다. 죽어야만 한다. 살아 있는 것이 죄의 씨앗이다'라고 외곬으로 치닫는 생각을 하면서도 여전히 아파트와 약국 사이를 반광란 상태로 오갈 뿐이었습니다.

아무리 일을 해도 약 사용량도 그만큼 늘어났기 때문에 약값의 빚은 끔찍할 정도의 액수에 달했습니다. 부인은 제 얼굴을 보면 눈물이 그렁그렁해졌고 저도 따라서 눈물을 흘렸습니다.

지옥.

이 지옥에서 벗어나기 위한 최후의 수단, 이마저 실패하면 남는 건 이제 목을 매는 일뿐이라며 하느님의 존재를 걸 정도의 결심으로 저는 고향에 계신 아버지께 장문의 편지를 써서 제가 처한 사정을 전부 다(여자 얘기는 차마 쓸 수 없었습니다) 고백하기로 했습니다.

그러나 결과는 한층 나빠져서, 아무리 기다려도 전혀 답장이 없기에, 저는 초조함과 불안감 때문에 오히려 약의 양이 늘고 말았습니다.

오늘 밤, 주사 열 대를 한꺼번에 맞고 오오카와大川[22] 강에 뛰어들자고 남몰래 각오를 했던 그날 오후, 넙치가 악마의 육감으로, 냄새를 맡기라도 한 듯 호리키를 데리고 나타났습니다.

22 도쿄에서는 스미다 강의 하류를 일컬음.

"너, 각혈했다며?"

호리키는 제 앞에 책상다리를 하고 앉아 그렇게 말하더니 그때까지 한 번도 본 적 없는 다정한 미소를 지었습니다. 그 다정한 미소가 고맙고 반가워서 그만 저는 고개를 돌려 눈물을 흘렸습니다. 그의 다정한 미소 하나에 저는 완전히 무너져 매장당하고 말았습니다.

그들은 저를 자동차에 태웠습니다. "아무튼 입원하지 않으면 안 돼요. 뒷일은 우리에게 맡겨요" 하고 넙치도 숙연한 어조로(그것은 자비롭다고 형용할 만큼 조용한 어조였습니다) 저에게 권했고 저는 의지도 판단도 아무것도 할 수 없는 사람처럼 그저 훌쩍훌쩍 울면서 고분고분 두 사람이 시키는 대로 따랐습니다. 요시코를 포함해 우리 네 사람은 꽤 오랫동안 자동차에서 흔들리다가 주위가 어둑어둑 땅거미가 내려앉을 무렵 숲속에 있는 커다란 병원 현관에 도착했습니다.

결핵 요양소라고만 생각했습니다.

저는 젊은 의사에게 이상하리만치 온화하고 정중한 진찰을 받았습니다. 의사는

"우선 당분간 여기서 요양하셔야겠습니다" 하고 마치 수줍은 듯 미소 지으며 말했습니다. 넙치와 호리키와 요시코는 저만 남겨 두고 돌아갔습니다. 요시코는 갈아입을 옷을 싼 보자기를 저에게 건네주고는 잠자코 허리띠 사이에서 주사기와 쓰고 남은 그 약을 내밀었습니다. 역시, 강장제라고만 생각하고 있었던 걸까요?

"아니, 이젠 필요 없어."

정말 희한한 일이었습니다. 누가 무언가를 권하는데 그걸 거절

한 것은 그때 단 한 번뿐이었다고 해도 과언이 아닙니다. 저의 불행은 거부 능력이 없는 자의 불행이었습니다. 남이 권하는데 거절하면 상대방 마음에도 제 마음에도 영원히 메울 수 없는 균열이 확연하게 생길 것 같은 공포에 시달렸습니다. 그렇지만 저는 그때 그토록 반미치광이처럼 원하던 모르핀을 너무도 자연스럽게 거절했습니다. 소위 '무지의 절대 경지'를 보여 준 요시코에게 감동을 받은 걸까요? 저는 그때 이미 중독 상태를 벗어난 게 아니었을까요?

그러나 저는 곧바로 수줍은 듯 미소 짓는 젊은 의사의 안내를 받아 병동에 수용되었고 절거덕 소리를 내며 자물쇠가 잠겼습니다. 정신병원이었습니다.

그 디알을 먹었을 때 여자가 없는 곳에 가겠다는 저의 어리석은 헛소리가 정말 기묘하게 실현된 셈입니다. 그 병동에는 미치광이 남자들뿐, 간호사도 남자였고 여자라곤 한 명도 없었습니다.

이제 저는 죄인일 뿐만 아니라 미치광이였습니다. 아뇨, 결코 저는 미치지 않았습니다. 단 한 순간도 미친 적이 없습니다. 하지만 아, 미치광이는 대개 자신을 그렇게 말한다고 합니다. 즉 이 병원에 들어온 사람은 미치광이, 들어오지 않은 사람은 정상인이라는 것 같습니다.

신에게 묻겠다. 무저항은 죄인가?

저는 호리키의 그 불가사의하고 아름다운 미소에 울면서 그만 판단하는 것도 저항하는 것도 잊은 채 차를 탔고 이곳으로 끌려와 미치광이가 되었습니다. 이제 이곳에서 나가더라도 제 이마에는 미치광이, 아니, 폐인이라는 낙인이 찍혀 있겠지요.

인간 실격.

이제 저는 더 이상 인간이 아닙니다.

이곳에 온 초여름 무렵에는 철창살 사이로 병원 마당의 작은 연못에 핀 빨간 수련꽃이 보였습니다. 그 후로 석 달이 지나 정원에 코스모스가 피기 시작할 무렵, 뜻밖에도 고향의 큰형이 넙치와 함께 저를 데리러 왔습니다. 지난달 말에 아버지가 위궤양으로 돌아가셨다고 말했습니다. "우리는 이제 너의 과거를 묻지 않겠다. 생활하는 데 문제없게 해 주겠다. 아무것도 하지 않아도 좋으니 그 대신 여러모로 미련도 있겠지만, 당장 도쿄를 떠나 시골에서 요양 생활을 시작해다오. 네가 도쿄에서 저지른 일은 시부타가 대강 뒤처리를 할 테니까 그건 걱정하지 않아도 된다"라고 큰형은 엄숙하고 진지하고 긴장감 있는 어조로 말했습니다.

고향의 산하가 눈앞에 보이는 것만 같아 저는 가만히 고개를 끄덕였습니다.

진정한 폐인.

아버지가 돌아가셨다는 사실을 알고 난 뒤, 저는 점점 더 얼이 나갔습니다. '이제 아버지가 안 계신다. 내 가슴에서 한시도 떠나지 않았던 그립고 무서운 존재가 이제 없다.' 제 고뇌의 항아리가 텅 빈 느낌이었습니다. 제 고뇌의 항아리가 유난히 무거웠던 것은 아버지 때문이었던 건 아닐까 하는 생각마저 들었습니다. 모든 의욕이 사라져 버렸습니다. 고뇌할 능력조차 상실했습니다.

큰형은 저에게 한 약속을 정확히 실행에 옮겼습니다. 제가 나서 자란 마을에서 기차로 너덧 시간 남쪽으로 내려간 곳에, 동북 지방에서는 보기 드물 정도로 따뜻한 바닷가 온천지가 있습니다. 그 마을 변두리에 방이 다섯 개나 되지만, 몹시 오래되어 벽은 허물어지고 기둥은 벌레 먹어 거의 수리도 할 수 없을 정도의 초가집을 사서 저에게 주고는, 강렬하게 붉은빛이 도는 머리를 한 예순 즈음의 못생긴 가정부를 하나 붙여 주었습니다.

그 후로 3년 남짓 지나는 동안, 저는 그 데쓰라는 늙은 가정부에게 몇 차례 괴이한 방식으로 능욕을 당했고, 이따금 부부 싸움 같은 것도 했습니다. 가슴의 병은 일진일퇴라서, 살이 빠졌다가 쪘다가 하면서 혈담이 나오기도 했습니다. 어제 데쓰에게 칼모틴을 사 오라고 마을 약국에 심부름을 보냈더니 평소와는 다른 모양의 상자에 든 칼모틴을 사 왔는데 저는 그다지 신경 쓰지 않고, 자기 전에 열 알을 먹었습니다. 그런데 전혀 잠이 오지 않아 뭔가 좀 이상하다고 생각하던 중, 배 속 상태가 이상해서 서둘러 변소에 갔더니 맹렬하게 설사를 했습니다. 게다가 그 뒤로도 연달아 세 번이나 변소에 갔습니다. 몹시 수상해서 약 상자를 자세히 보니 그것은 헤노모틴이라는 설사약이었습니다.

저는 똑바로 누워서 유담포[23]를 배에 얹으며 데쓰한테 잔소리 좀 해 주자고 생각했습니다.

"이봐, 이건 칼모틴이 아니야. 헤노모틴이지."

그렇게 말하다가, 후훗 웃고 말았습니다. '폐인'은 아무래도 희극명사인 모양입니다. 잠들려고 먹은 것이 설사약, 더구나 그 설사약 이름은 헤노모틴이라니.

지금 제게는 행복도 불행도 없습니다.

그저 모든 것은 지나갑니다.

23 온수를 넣어 몸을 데우는 데 쓰는 물주머니.

제가 지금까지 소위 '인간' 세계에서 아비규환으로 살아오면서 진리라고 믿은 것은 단 한 가지 그것뿐이었습니다.

그저 모든 것은 지나갑니다.

저는 올해 스물일곱 살이 됩니다. 그러나 흰머리가 눈에 띄게 많아져서 사람들 대부분이 저를 마흔 살 이상으로 봅니다.

후기

이 수기를 쓴 광인을 나는 직접적으로 알지 못한다. 하지만 이 수기에 나오는 교바시 스탠드바의 마담이라는 인물은 조금 알고 있다. 작은 몸집에 안색이 안 좋으며 눈이 가늘게 치켜 올라가고 코가 높아서 미인이라기보다는 미청년이라고 하는 편이 어울릴 만큼 인상이 딱딱한 여자였다. 이 수기는 아무래도 1930~1932년, 그 무렵의 도쿄 풍경을 주로 묘사하고 있는데, 내가 친구를 따라 그 교바시의 스탠드바에 두세 차례 들러 하이볼을 마신 것은, 일본 '군부'가 노골적으로 설쳐 대기 시작한 1935년 전후였으니까 이 수기를 쓴 남자를 만날 수는 없었다.

그런데 올해 2월, 나는 지바 현 후나바시 시로 피난 가 있던 한 친구를 방문했다. 그 친구는 대학 시절 학우로 지금은 모 여대 강사였는데, 사실은 이 친구에게 우리 친척의 혼담을 부탁해 둔 게 있고 겸사겸사 신선한 해산물이라도 구해서 식구들에게 먹이려는 생각에 배낭을 짊어지고 후나바시 시까지 갔다.

진펄과 인접해 있는 후나바시 시는 제법 큰 도시였다. 그 고장 사람들에게 새로 주민이 된 그 친구의 집 주소를 물어봐도 좀처럼 알 수 없었다. 날은 춥고 배낭을 짊어진 어깨가 아파 왔다. 나는 레코드 바이올린 소리에 이끌려 어느 다방 문을 열고 들어갔다.

그곳 마담이 낯익어서 물어봤더니 바로 10년 전 교바시에 있던 그 작은 바의 마담이었다. 마담도 나를 금세 기억해 낸 모양이어서 서로 깜짝 놀라 웃고, 이어서 이런 때 으레 나오기 마련인 공습으로 집을 잃은 피차의 경험을 누가 묻지도 않았는데 자랑스럽게 서로 늘어놓았다.

"그런데 마담은 하나도 안 변했어."

"아니에요. 이젠 할머니인걸요. 몸이 삐걱거려요. 당신이야말로 여전히 젊네요."

"천만에. 벌써 아이가 셋이나 있어. 오늘은 그 녀석들 먹을거리 좀 사러 왔어."

역시 오랜만에 만나는 사람들끼리 으레 하는 인사를 나누고, 이어서 서로 알고 있는 지인들 소식을 묻던 중, 문득 마담이 갑자기 어조를 바꾸더니 "당신은 요조를 알고 있었을까요?" 하고 물었다. 잘 모르겠다고 했더니 마담은 안으로 들어가 노트 세 권과 사진 세 장을 들고 와서

"뭔가 소설의 재료가 될지도 모르겠어요."

라고 말했다.

나는 남에게 강요된 소재로는 작품을 쓰지 못하는 성격이었기에 그 자리에서 바로 돌려줄까 생각했으나 그 사진(세 장의 사진, 그 기괴함에 대해서는 서언에 써 두었다)에 마음이 끌려서 일단 노트를 맡

아 두기로 하고, 돌아가는 길에 다시 이곳에 들르겠지만, 무슨 동네 몇 번지 아무개 씨, 여대 선생의 집을 모르냐고 물었더니, 역시 새로 온 주민끼리는 서로 알고 있었다. 이따금 이 다방에도 들른다고 했다. 바로 근처였다.

그날 밤 친구와 가볍게 술을 한잔한 뒤 그 집에 묵었는데 나는 아침까지 한숨도 안 자고 열중해서 그 노트를 읽었다.

그 수기의 내용은 오래된 이야기였지만 요즘 사람들이 읽어도 분명 상당히 흥미를 느낄 것이었다. 쓸데없이 내가 가필하기보다는 이대로 잡지사에 추천하여 발표하는 편이 좀 더 의미 있다고 생각했다.

아이들 먹일 해산물은 건어물뿐. 나는 배낭을 짊어지고 친구네 집을 떠나 그 다방에 들러

"어제는 고마웠습니다. 그런데……."

하며 곧바로 첫마디를 꺼냈다.

"이 노트, 잠깐 빌려주시겠습니까?"

"네, 그러세요."

"이 사람 아직 살아 있습니까?"

"글쎄요, 그걸 전혀 모르겠어요. 10년쯤 전에 교바시 가게로 그 노트와 사진이 소포로 왔어요. 보낸 사람이 요조임에 틀림없는데 그 소포에는 요조의 이름도 주소도 적혀 있지 않았어요. 신기하게도 공습 때도 멀쩡하게 다른 물건들과 섞여 있었기에 저도 얼마 전에야 읽어 봤는데……."

"울었나요?"

"아니요, 울었다기보다…… 안 되겠더군요. 인간도 저렇게 되

어서는 가망 없는 거죠."

"그 후로 10년이 지났으니 이미 죽었을지도 모르겠군요. 이건 당신에게 감사의 마음으로 보낸 거겠지요. 좀 과장해서 쓴 부분도 있지만, 당신도 꽤 피해를 입은 것 같더군요. 만일 이게 전부 사실이라면, 그리고 내가 이 사람 친구였다면, 나 역시 정신병원에 집어넣고 싶었는지도 몰라요."

"그 사람 아버지가 나쁜 거예요."

마담이 무심하게 말했다.

"우리가 알고 있는 요조는 매우 순수하고 섬세한 마음씨를 지녀서 술만 마시지 않으면, 아니 마셔도…… 하느님같이 착한 아이였어요."

굿바이

변심(一)

문단의 어느 노대가가 죽고, 그 고별식이 끝나 갈 무렵 비가 내리기 시작했다. 이른 봄비였다.

장례식에서 돌아오는 길에 두 남자가 우산을 나란히 쓰고 걷는다. 두 사람 모두 작고한 노대가에 대한 예의로 장례식에 참석했을 뿐, 둘 사이의 화제는 도무지 진지해 보이지 않는 여자에 대한 것이었다. 전통복 차림의 덩치 큰 초로의 남자는 작가였고, 그보다 훨씬 젊고 굵은 뿔테 안경에 줄무늬 바지를 입은 잘생긴 남자는 편집자였다.

"그 작자도."

작가가 입을 열었다.

"여자를 너무 밝혔던 모양이야. 이제 자네도 슬슬 여자들을 정리할 때가 되지 않았나? 너무 초췌해졌어."

"전부 다 정리하려고 합니다."

편집자는 얼굴을 붉히며 대답했다.

호남자인 편집자는 전부터 매우 노골적으로 상스러운 말을 하는 그 작가를 멀리했다. 그러나 오늘은 우산이 없어 어쩔 수 없이 작가의 우산에 들어가 걸으며 아주 진땀을 뺐다.

모두 정리하려고 한다. 그러나 그건 전혀 거짓이 아니었다.

무언가 변하고 있었다. 전쟁이 끝나고 3년이 지나자 어딘가 변했다.

『오벨리스크』 지의 편집장인 서른네 살의 다지마 슈지田島周二. 말투에서 어렴풋이 관서 지방 사투리가 묻어나지만 그는 출생에 대해 거의 말을 안 한다. 본래 빈틈없는 남자라 『오벨리스크』 편집장이라는 직업을 가졌으면서도 뒤로는 암거래로 돈을 엄청나게 벌고 있다. 그러나 쉽게 번 돈은 쉽게 나간다는 말처럼 술을 그야말로 퍼붓듯이 마시며 애인을 열 명 정도 두고 있다는 소문이다.

그는 독신도 아니었다. 독신은커녕 지금 아내가 두 번째다. 첫 번째 아내가 지적 장애아 딸 하나를 남기고 폐렴으로 죽자, 도쿄의 집을 팔고 사이타마 현에 사는 친구의 집으로 피난을 갔다가 지금의 아내를 만나 결혼했다. 아내는 물론 초혼이고 그 친정은 상당히 부유한 농가였다.

전쟁이 끝나자 그는 아내와 딸아이를 처가에 맡기고 홀로 도쿄행 기차에 올랐다. 교외에 방 한 칸을 빌렸으나 거기서는 잠깐 잘 뿐, 이곳저곳을 샅샅이 뛰어다니며 악착같이 돈을 모았다.

그렇게 3년이 지나자 왜 그런지 마음이 달라졌다. 세상이 미묘하게 변한 탓일까, 아니면 평소 무절제한 생활로 최근 눈에 띄게 몸이 수척해진 탓일까, 그도 아니면 단지 '나이' 때문이었을까? '색즉시공, 술도 이제 시시하고 작은 집 하나 사서 시골에서 아내와 아이를 불러…….' 향수 같은 것이 문득 가슴을 스치고 지나는 일이 많아졌다.

이제 '이쯤에서 암거래도 손 떼고 편집 일에 전념하자. 그러려면…….'

그러자니 지금 당장 눈앞에 놓인 난관. 우선 과감하게 여자들과 헤어지지 않으면 안 된다. 생각이 거기에 미치자 노련한 그로서도 너무 막막해서 한숨만 나왔다.

"전부 그만둘 생각이라……."

덩치 큰 작가는 입술을 일그러뜨리며 쓴웃음을 지었다.

"그거 잘됐군. 그런데 자네, 도대체 여자가 몇이나 되나?"

변심(二)

다지마는 울상이 되었다. 생각하면 할수록 혼자 힘으로는 도저히 해결책이 없다. 돈으로 해결될 일이라면 간단하겠지만 여자들이 그 정도로 물러나려고 하지는 않을 것 같았다.

"지금 생각해 보면 분명 내가 미쳤던 게죠. 터무니없이 많은 여자를 건드려서……."

이 초로의 불량한 작가에게 모두 털어놓고 의논해 볼까, 문득 생각했다.

"의외로 기특한 말을 다 지껄이는군. 원래 바람둥이들이 역겨울 정도로 도덕 앞에서는 벌벌 떨더군. 그게 또 여자들이 좋아하는 이유이기도 하겠지만. 남자답지, 돈 있지, 젊지, 게다가 도덕적이면서 다정하기까지 하면 인기몰이는 당연지사지. 두말하면 잔소리야. 자네 쪽에서 그만두려고 해도 아마 상대가 물러나지 않을 걸세."

"바로 그거예요."

손수건으로 얼굴을 닦았다.

"우는 거 아니지?"

"아닙니다. 비 때문에 안경이 흐려져서……."

"아니긴……. 우는 소리고만. 대책 없는 바람둥이일세."

암거래에 가담해서 도덕적이지도 않지만 그의 지적처럼 다지마라는 사내는 바람둥이인 주제에 묘하게도 여자에게는 성실하고 정직하기도 해서, 그녀들은 아무런 의심 없이 다지마를 깊이 신뢰하고 있는 듯했다.

"뭔가, 좋은 방법이 없을까요?"

"없네. 자네가 5, 6년 외국에라도 다녀오면 모를까. 그러나 요즘은 외국에 나갔다 오는 것도 간단치 않아. 차라리 여자들을 전부 한데 불러 모아 '호타루노히카리蛍の光'[1]라도 부르게 하지. 아니, '아오게바토우토시仰げば尊し'[2]가 더 나을지 모르겠군. 자네가 한 사람씩 졸업증서를 수여하는 걸세. 그러고 나서 자네는 발광하는 척 알몸으로 뛰쳐나가 내빼는 거지. 이거라면 확실해. 분명 여자들도 질려

1 '반딧불이의 빛'. 스코틀랜드의 민요인 '작별(올드랭사인)'을 원곡으로 함. 졸업식 노래.

2 '우러러볼수록 존귀하구나'. 일본판 '스승의 은혜'로 졸업식에서 학생들이 부르는 노래.

서 단념할 걸세."

이건 도무지 상담이고 뭐고 아무것도 아니다.

"실례하겠습니다. 저는 여기서부터는 전철로……."

"뭐 어때? 다음 정류장까지 같이 걸어가세. 어쨌든 이건 자네에게 중대한 문제잖나. 둘이서 대책을 강구해 보세."

그날 작가는 따분했는지 좀처럼 다지마를 놓아주지 않는다.

"아니요. 이제 저 혼자서, 어떻게든……."

"아니, 아니! 자네 혼자선 해결할 수 없네. 자네 설마 죽을 생각은 아니겠지? 정말 걱정되기 시작하는걸. 여자들이 자네에게 반했다고 죽는다는 건 비극이 아니라 희극이야. 아니지, 파스farce[3]라는 걸세. 골계의 극치야. 아무도 동정하지 않을걸. 죽는 건 그만두는 게 좋아. 음, 좋은 생각이 떠올랐네. 어디서 천하의 미인을 찾아내서 사정을 말하고 자네 부인 행세를 해 달라고 부탁하는 거야. 그녀를 데리고 자네 여자들을 한 명 한 명 찾아가는 거지. 효과가 직방일 걸세. 여자들 모두 잠자코 물러날 거야. 어때, 한번 해 보지 않겠나?"

물에 빠진 사람은 지푸라기라도 잡는다고, 다지마는 마음이 살짝 동했다.

행진(一)

다지마는 한번 해 보자는 생각이 들었다. 그러나 여기에도 난

3 해학극. 풍자극.

관이 있다.

'천하의 미인이라니. 박색에 서슬이 시퍼런 여자라면 전철 한 구간만 걸어도 서른 명 정도는 눈에 띄겠지만 절세미인은 전설에나 존재하는 게 아닐까.' 미심쩍어진다.

원래 다지마는 얼굴에 자신이 있고 멋쟁이에다 허영심도 강해서 아름답지 않은 여자와 같이 길을 걷기라도 하면 갑자기 배가 아프다며 둘러대고 자리를 피했는데, 현재 그의 애인들도 나름 꽤 미인이지만 절세미인이라고 할 정도는 아니었다.

'비 오는 날 초로의 불량 작가의 입에서 나오는 대로 지껄인 말을 비결이랍시고 받들어 모시다니. 이 얼마나 한심한 바보 짓인지' 하고 내심 반발해 보지만 딱히 묘안이 떠오르지 않았다.

'일단 해 보자. 어쩌면 세상 한구석 어딘가에 절세의 미녀가 널려 있을지도 모른다.'

갑자기 안경 너머로 그의 눈이 두리번두리번 기분 나쁘게 움직이기 시작했다.

'댄스홀, 찻집, 대합실……. 없다, 없어. 못생기고 험상궂은 여자들뿐이야. 사무실, 백화점, 공장, 영화관, 스트립쇼 무대……, 있을 리가 없지.'

한심스럽게 여대 교정에서 울타리 틈으로 엿보기도 하고 미스 뭐라는 미인대회장도 급히 달려가 보기도 하고 신인을 기용하는 영화 시험장을 견학한다는 미명하에 잠입하기도 하면서 무턱대고 돌아다녀 봤지만, 없다.

사냥감은 돌아가는 길에 나타나는 법.

해 질 녘 다지마는 신주쿠역 뒷골목의 암시장을 절망에 휩싸여 우울한 표정으로 걷고 있었다. 애인들을 찾아갈 마음도 생기지 않았다. 생각만 해도 끔찍했다. 어떻게든 끝을 내야만 한다.

"다지마 씨!"

갑자기 뒤에서 부르는 소리에 펄쩍 뛸 듯이 깜짝 놀랐다.

"음……, 누구시더라."

"너무해."

기분 나쁜 목소리. '까마귀소리'라는 녀석이다.

"앗!"

다시 쳐다보았다. 미처 알아보지 못했다.

그는 이 여자를 알고 있었다. 아니 보따리장수다. 두세 번 암거래를 했을 뿐이지만 까악까악 하는 괴기스러운 목소리와 놀랄 만한 괴력을 가진 여자로 기억한다. 몸이 마르긴 했지만 쌀 반 가마니는 거뜬히 짊어졌다. 생선 비린내가 나는 오물이 얼룩덜룩 묻은 누더기 옷을 입고 몸뻬에 고무장화를 신어 도무지 남자인지 여자인지 구분이 가지 않는, 거의 거지나 다름없는 그녀와 거래가 끝나고 나면 멋쟁이 다지마는 황급히 손을 씻을 정도였다.

그런데 뜻하지 않게 신데렐라가 되어 나타났다. 양장 취향도 기품 있고 우아했다. 몸은 가냘팠고 손발도 사랑스러울 만큼 작아, 스물서넛, 아니 대여섯쯤 되려나? 우수를 머금은 얼굴은 배꽃처럼 섬섬하고 창백했다. 그야말로 고귀하고 굉장한 미인이었다. 진정 이 여자가 쌀 반 가마니를 불끈 짊어지던 보따리장수란 말인가! 목소리가 나쁜 게 흠이지만 그거야 침묵을 굳게 지키게 하면 된다. 쓸 만하겠다. (이 여자로 하자!)

행진(二)

옷이 날개라더니 여자는 옷차림 하나로 완벽하게 변신한다. 원래 여자는 요물인지도 모른다. 그러나 이 여자 나가이 기누코永井キヌコ처럼 이토록 완벽하게 변신할 수 있는 여자도 드물다.

"아니, 돈 꽤나 모았나 보네. 세련미가 철철 넘치는데?"

"어마, 왜 이러신데."

역시나 목소리가 영 아니다. 고귀함이고 뭐고 단번에 사라져 버린다.

"자네한테 부탁할 게 있는데……."

"당신은 구두쇠라 돈만 깎으려고 하지."

"아니, 일 얘기가 아냐. 그 일은 슬슬 손 떼려고 해. 그나저나 아직도 여전히 보따리 짊어지고 다니나?"

"당연하지. 안 그러면 밥 처먹고 살 수나 있간디?"

말하는 족족 상스럽기 그지없다.

"그런데 그런 옷차림이 아니잖아."

"그야, 나도 여자니까 가끔은 몸치장도 하고 영화도 보고 싶은 거지."

"오늘은 영화 보나?"

"음. 벌써 보고 왔어. 아, 뭐더라, '아시쿠리게'였나?"

"'히자쿠리게'였겠지. 혼자 본 거야?"

"나 참, 별꼴이셔. 하여간 남자들이란 이상하다니깐."

"그래서 말인데, 부탁이 있어. 한 시간, 아니 30분이라도 좋으니 시간 좀 내줘."

"좋은 이야기야?"

"너한테 손해 갈 건 없어."

둘이 나란히 걷자니, 스쳐 지나가는 사람 열에 여덟은 뒤를 돌아본다. 다지마를 보는 게 아니라 기누코를 보는 것이다. 미남 소리를 꽤나 듣는 다지마도 그야말로 굉장한 기누코의 기품에 눌려 내다 버린 쓰레기처럼 볼품없어 보였다.

다지마는 단골 무허가 요릿집으로 기누코를 안내했다.

"여기 뭐 잘하는 요리라도 있어?"

"돈가스를 잘하는 것 같아."

"잘 먹을게. 나 배고파 죽겠어. 다른 건 뭐가 되지?"

"거의 다 될 거야. 그런데 뭘 먹고 싶은 거야?"

"여기 잘하는 거. 돈가스 말고 딴 건 없나?"

"여기 돈가스 엄청 커."

"누가 구두쇠 아니랄까 봐. 이래서 당신은 안 돼. 내가 안에 가서 물어보고 올게."

괴력, 대식가, 그러나 정말 완벽한 초절정 미인이다. 놓치면 안 된다.

다지마는 위스키를 마시면서 기누코가 끊임없이 먹어 대는 모습을 몹시 화가 치미는 기분으로 바라보다가 부탁하려는 일에 대해 말을 꺼냈다. 기누코는 듣는 둥 마는 둥 그저 먹기만 할 뿐 그의 이야기에 흥미가 없는 듯했다.

"들어줄 거지?"

"저런, 머저리. 그게 될 성싶냐?"

행진(三)

다지마는 의외로 날카로운 적의 공격에 멈칫하면서도 말을 이었다.

"그래. 하지만 달리 방법이 없으니까 부탁하는 거잖아. 나도 두 손 들었다고."

"그런 귀찮은 짓 안 해도 싫어졌으면 그냥 안 만나면 되는 거 아냐?"

"야박하게 그런 짓은 못 하지. 그 여자들도 앞으로 결혼할지 모르고, 새로운 애인을 만들지 어찌 아나. 여자 마음을 잘 정리하도록 해 주는 게 남자의 책임이지."

"흥, 책임 좋아하시네. 헤어지네, 어쩌네 하고는 다시 는실난실하려는 속셈이지?"

"이봐, 그렇게 함부로 말하면 화내는 수가 있어. 무례하게 구는 것도 정도가 있지. 계속 처먹기만 할 건가?"

"여기 킨톤[4]은 없나?"

"아직도 더 처먹을 기센가? 위가 늘어난 거 아냐? 그거 병인데……. 병원에 한번 가 보지 그래? 아까부터 엄청나게 먹었잖아. 이제 그만하지."

"이런 구두쇠 같으니! 여자는 보통 이 정도는 먹는다고. 뭐 이제 배부르네, 어쩌네 하면서 거절하는 아가씨들, 교태 부린답시고 체

4 화과자의 한 종류로 강낭콩과 고구마를 삶아 으깨어, 밤 따위를 넣은 단 식품.

면 챙기느라 그런 것뿐이야."

"이제 그만. 많이 먹었잖아. 여기 싸지도 않단 말이야. 자넨 늘 그렇게 많이 먹나?"

"장난해? 누가 사 줄 때나 이렇게 먹지."

"그럼 말이야, 앞으로 얼마든지 먹을 거 사 줄 테니 내 부탁 좀 들어줘."

"그치만 그러면 난 장사를 쉬어야 하니 내 손해가 커."

"그거 별도로 지불하지. 자네가 장사로 버는 돈 만큼은 확실하게 쳐줄게."

"그저 옆에 따라다니기만 하면 되는 거야?"

"뭐 말하자면 그렇지. 다만 조건이 두 가지 있어. 다른 여자 앞에선 말 한마디도 해서는 안 되네. 부탁이야. 웃거나 고개를 끄덕이거나 가로젓거나, 딱 그 정도만 해 줘. 또 한 가지는 다른 사람 앞에서 음식을 먹지 말 것! 나와 단둘이 있을 때야 아무리 먹어도 상관없지만 다른 사람 앞에선 차 한 잔 마시는 정도로만 하지."

"그럼 돈도 주는 거지? 당신은 구두쇠라 오리발 내밀 수도 있으니까."

"걱정 마. 나도 지금 애면글면 애쓰고 있다고. 실패하면 파멸이니까!"

"복수진이란 거네."

"복수? 이 바보 같으니! 배수진이겠지."

"어머, 그런가?"

아무렇지도 않은 듯 태연하다. 다지마는 점점 더 불쾌해질 뿐. 그러나 아름답다. 당당함이 넘치는 매력적인 자태에 도무지 세상 사람이라고 생각되지 않는 기품이 흐른다.

돈가스, 닭고기 크로켓, 참치회, 오징어회, 중화면, 장어구이, 모둠냄비, 소꼬치구이, 모둠초밥, 새우 샐러드, 딸기 우유.

거기에 킨톤까지 사 달라니. 설마 여자들이 모두 다 이렇게 먹어 대는 건 아니겠지. 그게 아니면?

행진(四)

기누코의 아파트는 세타가야 쪽에 있는데 아침이면 항상 행상 일을 하러 나가기 때문에 대개 오후 두 시 이후에야 시간이 있다고 했다. 다지마는 일주일에 한 번 정도 서로 시간이 맞는 날 전화로 연락해서 적당한 곳에서 만나, 헤어질 작정인 여자가 있는 곳을 향해 두 사람이 나란히 행진하기로 약속했다.

며칠 후 니혼바시의 한 백화점 내 미용실을 향해 두 사람은 행진을 시작했다.

재작년 겨울, 멋쟁이 다지마는 우연히 이 미용실에 들러 파마를 한 적이 있다. 그 미용실의 선생은 아오키라는 서른 살 전후의 전쟁과부였다. 다지마가 여자에게 추근덕거렸다기보다는 오히려 여자가 다지마에게 접근한 케이스였다. 아오키는 쓰키지에 있는 백화점 기숙사에서 니혼바시에 있는 가게로 출퇴근했는데 수입은 그녀 혼자 겨우 생활할 정도였다. 그래서 다지마가 생활비를 보태 주었으며 기숙사에서도 둘 사이를 공인했다.

그러나 다지마는 그녀가 근무하고 있는 니혼바시의 가게에 좀처럼 얼굴을 드러내지 않았다. 자신처럼 세련되고 잘생긴 남자가 나타나면 그녀의 영업에 방해될 것이라고 확신하고 있었다.

그런 그가 갑자기 굉장한 미인을 데리고 그녀의 가게에 나타난 것이다.

"안녕하세요."

인사조차 데면데면 어색하다.

"오늘은 제 아내를 데리고 왔습니다. 피난을 가 있었는데 이번에 불러왔어요."

그것만으로도 충분했다. 아오키도 시원스러운 눈매에 하얗고 부드러운 살결을 가진, 어디 한 군데 빠지는 곳 없는 상당한 미인이었지만, 기누코와 나란히 세워 놓으니 마치 유리구두와 군화만큼 차이가 나는 듯했다.

두 미인은 말없이 서로 인사를 나누었다. 아오키는 금방이라도 울음을 터뜨릴 듯한 비굴한 기색이 되었다. 승패는 불 보듯 뻔했다.

전에도 말했듯이 다지마는 여자에게 성실하고 의리가 두터운 편이라 지금까지 여자에게 자신이 독신이라는 식의 거짓말을 한 적이 없다. 처자를 시골로 피난시켰다는 사실을 처음부터 모두에게 털어놓았다. 그런데 그 부인이 드디어 남편에게 돌아온 것이다. 더구나 그 부인이라는 여자는 젊고 고귀하고 교양이 풍부해 보이는 절세미인.

한 미모 한다는 아오키도 울상을 짓는 것 외에 별수 없었다.

"집사람 머리 좀 만져 주세요."

다지마는 이 기회를 놓치지 않고 최후의 일격을 가했다.

"소문을 들어 보니 긴자건 어디건 당신만큼 솜씨 좋은 사람은 없다고 하더군요."

그러나 그건 빈말이 아니었다. 실제로 그녀는 솜씨가 뛰어난 미용사였다.

기누코는 거울을 향해 앉았다.

아오키는 기누코에게 하얀 천을 두르고, 머리를 빗기 시작했다. 눈에는 눈물이 금방이라도 흘러넘칠 듯 그렁그렁 가득했다.

기누코는 태연했다.

오히려 다지마가 자리를 떴다.

행진(五)

머리 손질이 끝나 갈 무렵 다지마는 슬그머니 다시 미용실로 돌아와 두툼한 돈다발을 아오키의 하얀 상의 주머니에 살짝 집어넣고 마치 기도하는 심정으로 속삭였다.

"굿바이."

그 목소리는 스스로도 의외라고 생각될 정도로 위로하는 듯, 사과하는 듯, 다정한 애조를 띠고 있었다.

기누코는 아무 말 없이 일어선다. 아오키도 말없이 기누코의 흐트러진 치마를 바로 펴 준다. 다지마는 한 발 먼저 밖으로 뛰쳐나간다.

'아하, 이별은 괴롭구나.'

기누코는 무표정으로 뒤따라와서는 말한다.

"그렇게 잘하지도 않는구먼."

"뭘?"

"파마."

이런 바보 같으니! 큰 소리로 기누코를 호통쳐 주고 싶었지만 백화점 안이라 참았다. 아오키는 남의 험담을 결코 하지 않았다. 돈도 원하지 않았고 빨래도 곧잘 해 주었다.

"이걸로 끝이야?"

"그래."

다지마는 괜스레 마음이 울적했다.

"그런 일로 헤어지다니, 그 애 참 나약하다. 꽤 미인이던데 저 정도 미모라면."

"그만! 그 애라니 그런 막돼먹은 말이 어딨어? 음전한 사람이라고. 자네하고는 달라. 아무튼 입 좀 다물어. 까마귀 같은 자네 목소리를 듣고 있으면 미쳐 버릴 것 같으니까."

"오, 이런. 황공무지막지네요."

아, 이 무슨 천박한 말장난인가.

다지마는 완전히 돌아 버릴 지경이다.

그는 별난 허영심이 있어, 여자와 함께 다닐 때는 자기 지갑을 미리 여자에게 줘서 여자가 마음대로 지불하게 하고는 자기는 마치 돈 따위 관심도 없는 듯 대범한 척했다. 그러나 지금까지 어떤 여자도 함부로 제멋대로 돈을 쓰지는 않았다.

그런데 이 황공무지막지 여사는 태연하게 그런 짓을 했다. 백화점에는 고가의 물건이 얼마든지 있다. 기누코는 당당하게 주저 없이 그 고급 물건들을 골라냈는데 그게 희한하게도 우아하고 고상한 것뿐이다.

"작작 좀 하시지."

"으이구, 구두쇠."

"지금부터 또 뭐 먹을 거잖아."

"하긴. 오늘은 참아 주지."

"지갑 돌려줘. 이제부터 5000엔 이상은 안 돼."

이제는 허영 따윈 문제도 아니다.

"그렇게 많이는 안 써."

"아니, 썼어. 나중에 남은 돈 확인해 보면 알겠지. 분명히 만 엔 이상은 썼어. 저번에 먹었던 음식도 싼 게 아니었다고."

"이럴 거면 그만두지 그래? 나라고 뭐 좋아서 당신 따라다니는 줄 알아?"

협박에 가깝다.

다지마는 한숨만 내쉴 뿐.

괴력(一)

그러나 다지마도 여간내기가 아니다. 암거래로 한번에 수십만 엔은 거뜬히 버는, 빈틈없고 약삭빠른 재주꾼이었다.

그러니 돈을 함부로 쓰는 기누코를 잠자코 넓은 아량으로 보고 있을 성격은 아니었다. 뭔가 그에 상응하는 보답을 받지 않으면 도저히 직성이 풀리지 않는다.

'젠장, 시건방지군. 기필코 손에 넣을 테다. 행진은 그다음이야!

우선 저 버릇부터 완전히 뜯어고쳐서 배려심 많고 온순하고 검소하고 소식하는 여자로 바꾼 다음, 다시 행진을 계속해야겠어. 지금 이대로라면 돈이 너무 많이 들어서 행진이고 나발이고 할 수가 없다.'

승부의 비결. 적으로 하여금 다가오게 하는 게 아니라 적에게 다가갈 것.

다지마는 전화번호부에서 기누코의 아파트 주소를 찾은 후, 위스키 한 병과 땅콩 두 봉지만 사 들고 가서 배가 고프면 뭔가 내놓으라고 할 속셈이었다. '위스키를 벌컥벌컥 마시고 술에 취한 척 뻗어 버리면 그다음은 내 것이 되는 거야. 우선은 아주 싸게 먹히지. 방값도 필요 없다.'

여자에 대해서는 언제나 자신만만한 다지마라는 인간이 이런 난폭하고도 철면피 같은 야비한 공략법까지 생각해 내다니, 그는 아무래도 이상했다. 기누코가 너무 돈 낭비를 해서 미칠 지경이 되었는지도 모르겠다. 색욕을 삼가는 것도 물론이거니와 인간이 극도로 돈에 집착하여 본전 찾을 생각에만 매달려도 이 또한 결과가 좋지 않을 것이다.

다지마는 기누코를 증오한 나머지 인간답지 않은 비열하고도 야비한 계획을 세워 결국 지독하게 큰 재난을 만나게 된다.

저녁 무렵, 다지마는 세타가야에 있는 기누코의 아파트를 찾았다. 음침한 분위기가 감도는 낡고 오래된 2층 목조건물이었다. 기누코의 방은 계단을 올라가서 바로 맨 안쪽에 있었다.

똑똑, 노크를 했다.

"누구야?"

안에서 들려오는 변함없는 까마귀 소리.

문이 열리자 다지마는 놀란 나머지 자리에 못 박힌 듯 섰다.

난잡함, 악취.

'아아, 이렇게 황량할 수가!'

두 평 남짓한 작은 방, 다다미 바닥은 파도처럼 울퉁불퉁 구겨졌고, 다다미 테두리는 흔적조차 남아 있지 않다. 방 안 가득히 봇짐 도구로 보이는 석유통, 사과박스, 됫병, 보자기에 싸인 물건, 새장 비슷한 것, 휴지 조각이 발 디딜 틈 없게 어지럽고 끈적끈적하게 널려 있다.

"뭐야, 당신이었어? 왜 왔어?"

기누코의 옷 입은 꼴이라니, 몇 년 전 봤을 때와 같은 거지꼴로 얼룩덜룩 더러운 작업 바지를 입고, 도무지 남자인지 여자인지 구별도 가지 않았다.

벽에는 무진회사[5] 선전 포스터 한 장이 달랑 붙어 있을 뿐 어딜 봐도 장식 하나 없다. 커튼조차 없다.

'이게 스물대여섯 된 아가씨의 방이란 말인가!'

작은 전구 하나만 침침하게 켜져 있을 뿐, 그저 황량한 방.

괴력(二)

"그냥 놀러 온 거야……."

다지마는 공포에 휩싸여 기누코처럼 까마귀 소리로 말했다.

5 서민금융기관.

"그런데, 다음에 다시 찾아오는 게 좋겠어."

"분명히 뭔가 속셈이 있어. 쓸데없이 돌아다닐 사람이 아니니까."

"아니, 오늘은 정말로……."

"의뭉 떨지 말고. 오늘 너무 간들간들 이상해."

그렇다 해도 참 지독한 방이다.

'여기서 이 위스키를 마셔야 한단 말인가. 아, 좀 더 싼 걸로 사 올걸.'

"간들거리는 게 아니라 난 지금 깨끗함의 문제를 말하는 거라고. 자네 오늘 너무 더러운 거 아냐?"

다지마는 우거지상으로 말했다.

"오늘은 좀 무거운 짐을 지고 다녔더니 피곤해서 여태 낮잠을 잤네. 아, 맞다! 좋은 게 있는데 좀 들어오지 그래? 내가 싸게 해 줄게."

아무래도 장사 얘기인 것 같다. 돈 버는 거라면 방이 더러운 게 뭐 대수야?

다지마는 구두를 벗고 비교적 무난한 곳을 골라 외투를 입은 채 책상다리를 하고 앉는다.

"가라스미[6] 좋아하지? 술꾼이니까."

"엄청 좋아하지. 지금 있어? 잘 먹을게."

"장난하냐? 돈을 내세요."

기누코는 넉살 좋게 오른쪽 손바닥을 다지마 코 앞에 쑥 내

6 일본의 3대 진미 중 하나로 숭어·방어·삼치 등의 알집을 소금에 절여 말린 식품.

민다.

다지마는 넌더리를 치며 입술을 삐죽거리면서 말했다.

"네가 하는 짓을 보고 있으면 진짜 사는 게 덧없어진다. 그 손 치워. 가라스미 따위 필요 없어. 그런 건 말이나 먹는 거라고."

"싸게 주겠다는데 바보 같긴. 산지 직송이라 진짜 맛있어. 바동거리지 말고 돈이나 내셔."

불행히도 다지마는 위스키 안주로 가라스미만 있으면 다른 것은 필요 없을 정도로 가라스미에 환장한다.

"어디, 한번 맛 좀 볼까?"

몹시 못마땅한 듯 기누코의 손바닥에 고액지폐 석 장을 올려준다.

"넉 장 더."

기누코가 태연히 말했다. 다지마는 놀라서 소리쳤다.

"미쳤어? 작작 좀 해.

"쩨쩨하긴. 기분 좋게 한 덩어리 사. 두 동강 내서 사는 게 어딨냐? 이 구두쇠야."

"좋아. 한 덩어리 사지."

능글능글한 다지마도 여기까지 이르고 보니 화가 치밀어 말했다.

"자, 한 장, 두 장, 세 장, 네 장. 이걸로 됐지? 손 치워. 너 같은 철면피를 낳은 부모가 누군지 진짜 궁금하다."

"나도 궁금하거든! 만나면 패 주고 싶다고. 대파도 밖에 내다 버리면 시들어 말라 죽는 법이야."

"뭐야, 신세타령이라면 그만둬. 컵 좀 줘 봐. 이제 위스키랑 가라스미를 먹어야겠다. 아, 땅콩도 있지. 이건 너 줄게."

괴력(三)

다지마는 위스키를 큰 컵에 따라 벌컥벌컥 두 번 만에 다 들이켰다. 오늘은 어떻게든 얻어먹고 말겠다는 속셈으로 왔는데, 반대로 산지에서 왔다는 무진장 비싼 가라스미를 강매당하고 말았다. 기누코는 아까워하는 기색도 없이 눈 깜짝할 사이에 가라스미 하나를 전부 싹둑싹둑 썰어 지저분한 그릇에 수북이 담고는, 거기에 조미료를 듬뿍 뿌렸다.

"드시죠! 조미료는 서비스니까 걱정 말고 먹어."

가라스미를 이렇게나 많이……. 이건 죽어도 못 먹겠다. 거기에 조미료까지 뿌리다니, 엉망진창이군.

다지마는 비통한 표정을 지었다. 일곱 장의 지폐를 촛불로 태운들 이보다 더 상실감을 통렬하게 느끼지는 않으리라. 실로 헛되도다. 무의미하다.

다지마는 울고 싶은 심정으로 수북이 쌓아 놓은 가라스미의 밑바닥에서 조미료가 안 뿌려진 한 점을 집어 먹으며 물었다.

"직접 요리해 본 적 있어?"

"하면 하지. 귀찮아서 안 하는 것뿐이야."

"빨래는 하고 사는 거야?"

"누굴 바보로 아나 본데. 난 말이야, 깨끗한 게 아니면 취급을 안 하는 사람이야."

"깨끗한 걸 좋아한다고?"

다지마는 어이없어서 황량하고 악취 가득한 방을 둘러보았다.

"이 방은 원래 더러워서 손을 댈 수가 없었어. 더구나 내가 하는 일이 그런 장사 일이다 보니 아무래도 방이 좀 어질러져 있어. 벽장 속 보여 줄까?"

기누코는 일어나 벽장문을 활짝 열어 보였다.

다지마는 눈이 휘둥그레졌다.

청결. 질서 정연. 황금빛이 나면서 그윽한 향기가 퍼지는 듯하다. 장롱, 경대, 트렁크, 신발장 위에는 귀엽고 앙증맞은 구두 세 켤레. 벽장이야말로 까마귀소리 신데렐라의 비밀 분장실이었다.

기누코는 곧바로 벽장문을 탁 닫은 후 다지마에게서 좀 떨어져 철퍼덕 앉았다.

"멋 내는 건 일주일에 한 번으로 충분해. 남자에게 사랑받고 싶은 생각도 별로 없고 평상복은 이게 딱 좋아."

"그래도 몸뻬는 너무 심하지 않아? 비위생적이야."

"왜?"

"냄새가 고약해."

"고상한 척해 봤자 소용없어. 당신도 항상 술내 나잖아. 술 냄새, 너무 지독해."

"냄새 나는 사이인 거네, 우린."

슬슬 취기가 올라오자 황량한 방 풍경도, 기누코의 거지 같은 모습도 그다지 거슬리지 않게 되었다. 어디 한번 당초 계획을 실행에 옮겨 볼까, 하고 불현듯 못된 마음이 솟았다.

"서로 싸울 만큼 깊은 사이라는 거야."

어설픈 구애 작전. 그러나 이런 경우, 남자들은 설령 굉장한 거물, 혹은 뛰어난 학자라 해도 이처럼 바보 같은 설득 작전으로 뜻밖의 성공을 거머쥐는 법이다.

괴력(四)

"피아노 소리가 들리네."

다지마는 점점 더 거들먹거린다. 눈을 가늘게 뜨고 멀리서 들려오는 소리에 귀를 기울였다.

"당신이 음악을 알아? 얼굴만 봐도 딱 음치인데."

"바보로군, 자넨 내가 얼마나 음악에 조예가 깊은지 모르시나 본데, 클래식이라면 하루 종일이라도 들을 수 있는 사람이야."

"저건 무슨 곡?"

"쇼팽."

되는대로 지껄인다.

"그래? 난 또 에치고越後 사자춤 노랜가 했지."

동병상련의 음치끼리 종잡을 수 없는 대화. 다지마는 아무래도 기분이 나질 않아서 재빨리 화제를 바꾸었다.

"근데 너도 연애는 해 봤지?"

"멍청하기는. 난 당신처럼 음란하지 않아."

"말 좀 삼가시지? 천박한 꼬락서니하고는!"

갑자기 불쾌해진 다지마는 위스키를 벌컥벌컥 들이킨다.

이거야, 원. 이제 다 틀린 건가. 핸섬보이의 명예가 걸린 일인데 여기서 물러나면 안 되지. 어떻게든 끈질기게 버텨 성공하지 않으면 안 된다.

"연애와 음란함은 근본적으로 달라. 넌 아무것도 모르는구나. 알려 줄까?"

자기가 말하고도 음탕스러운 말투에 소름이 끼쳤다. 이거 안 되겠군. 시간이 좀 이르긴 하지만 완전히 취한 척하고 자 버리자.

"아, 취한다. 공복에 마셨더니 훅 가는구나. 여기서 잠깐 자고 갈까?"

"안 돼!"

까마귀 소리가 거칠고 사나운 소리로 변했다.

"내가 바본 줄 알아? 속이 빤히 다 보여. 자려거든 오십만, 아니 백만 엔 내놔!"

전부 실패다.

"뭐야, 그렇게 화낼 일도 아니잖아? 취했으니 여기서 잠깐……."

"안 돼, 안 돼! 돌아가라니까!"

기누코는 일어나 문을 활짝 열어젖혔다.

궁지에 몰린 다지마는 좀 더 꼴사납고 졸렬한 수단을 써서 일어나자마자 갑자기 기누코를 껴안으려고 했다.

"퍽!"

주먹으로 뺨을 얻어맞는 순간 다지마는 꺄악 하고 기괴한 비명을 내질렀다. 그 순간 다지마는 쌀 반 가마니를 가뿐하게 짊어지는 기누코의 괴력이 떠올라 소름이 쫙 돋았다.

"용서해 줘. 도둑이야!"

도무지 의미를 알 수 없는 말을 내지르며 맨발로 복도로 뛰쳐 나갔다.

기누코는 침착하게 문을 닫았다.

잠시 후 문밖에서 들리는 목소리.

"저기, 미안하지만 내 구두 좀……. 그리고 끈 같은 게 있으면 좀 주시겠어요? 안경다리가 부러져서요."

호색한 역사상 단 한 번도 없던 대굴욕에 속이 부글부글 끓어 오르면서도 그는 기누코가 건네준 붉은 테이프로 안경을 고친 후 그 붉은 테이프를 귀에 걸치고는 말했다.

"고마워!"

자포자기 심정으로 외치며 계단을 내려오다가 발을 헛디뎌 다시 "으악" 하고 비명을 질렀다.

냉전(一)

그러나 다지마는 나가이 기누코에게 투자한 돈이 아까워 참을 수가 없었다. 이렇게 수지 안 맞는 장사는 해 본 적이 없다. 어떻게든 그녀를 이용하고 활용해서 본전을 뽑지 않으면 말이 안 된다. 그러나 어마어마한 괴력, 무시무시한 식욕, 강포한 욕심이란!

날씨가 따뜻해지고 형형색색의 꽃들이 피기 시작했지만 다지마는 몹시도 우울했다. 그날 밤의 대실패 이후로 사오 일이 지나 안경도 새로 맞추고 뺨의 부기도 빠지자 그는 일단 기누코에게 전화를 걸었다. 사상전思想戰으로 돌입하여 호소해 볼 요량이었다.

"여보세요? 나 다지만데……. 지난번엔 너무 많이 취해서 그만. 아하하하."

"여자 혼자 살다 보면 이런저런 별일이 다 생기지. 신경 안 써요."

"저기, 나도 그날 이후로 이것저것 곰곰이 생각해 봤는데, 여자들과 헤어지고 작은 집을 사서 고향에 있는 처자식을 불러들여 행복한 가정을 꾸리려는 게 도덕적으로 나쁜 일일까?"

"뭔 소리를 하는 건지 모르겠지만, 남자는 다 돈 꽤나 모으면 그런 쩨쩨한 생각을 하는가 보군."

"그러니까 내 말은, 그게 나쁜 일이냐고."

"그게 뭐 나무랄 일이겠어? 오, 돈 좀 모았나 봐?"

"돈 이야기만 하지 말고, ……도덕적으로 말이지, 말하자면 사상, 그런 문제인데 어떻게 생각하나요?"

"하나도 관심 없어. 당신 일 따위."

"그야, 뭐, 물론 그러시겠지요. 근데 난, 이건 좋은 일이라고 생각해요."

"그럼 그걸로 된 거 아니야? 전화 끊을게. 난 이런 쓸데없는 이야기는 질색이거든."

"하지만 내겐 정말로 사활이 걸린 큰 문제에요. 난 뭐니 뭐니 해도 도덕은 존중해야 한다고 생각하거든요. 도와줘요. 저를 도와주세요. 저는 좋은 일을 하고 싶어요."

"거참, 이상하네. 또 취한 척하다 허튼수작 부리려는 건 아니겠죠? 그건 사절이에요."

"제발 놀리지 마요. 인간에게는 모두 선을 행하고자 하는 본능이 있어.”

“전화 끊어도 되죠? 다른 용건은 없겠죠? 아까부터 오줌이 나올 것 같아서 죽을 지경이라고.”

“잠깐만요, 잠깐만. 하루에 3000엔 어때요?”

사상전이 별안간 돈 이야기로 변했다.

“음식도 딸려 나오는 거지?”

“아니 그건 좀. 날 좀 살려 줘요. 나도 요즘 수입이 적어서 말야.”

“한 장이 아니면 안 돼.”

“그럼 5000엔. 그렇게 해 줘요. 이건 도덕과 관련된 문제니까.”

“쉬가 나올 것 같다고. 더는 못 참아!”

“5000엔으로 해 줘요.”

“멍청하긴.”

킥킥 웃는 소리가 들린다. 승낙한 것 같다.

냉전(二)

이렇게 된 바에야 기누코를 최대한 이용해서 하루 5000엔 주는 것 외에는 빵 한 조각, 물 한 잔도 먹이지 말고 실컷 혹사시키지 않으면 내 손해야. 온정은 금물. 그렇지 않으면 내가 파멸할지도.

기누코에게 얻어맞고 “꺄악” 하는 기묘한 비명을 내지르긴 했지만 다지마는 그 괴력을 역으로 이용할 방법을 찾아냈다.

그의 애인 중에는 미즈하라 게이코水原ケイ子라는 아직 서른 전인 그저 그런 서양화가가 있었다. 그녀는 덴엔초후에 있는 아파트

에 방 두 개를 빌려서 하나는 거실, 하나는 아틀리에로 쓰고 있었다. 다지마는 미즈하라 씨가 어느 화가의 소개장을 들고 와 『오벨리스크』에 삽화나 판화, 무엇이든 그리게 해 달라고 얼굴을 붉히며 머뭇거리며 말하는 것을 어여삐 여겨 조금씩 그녀의 생계를 도와주게 되었다.

그녀는 언행이 부드럽고 말수가 적었지만 심한 울보였다. 그러나 결코 사납게 미친 듯 울부짖지는 않았다. 소녀처럼 가련하게 우는 정도라 그 모습이 그다지 싫지는 않았다.

그러나 단 한 가지, 굉장히 어려운 문제가 있었다. 그녀에게는 오빠가 있었다. 오랫동안 만주에서 군생활을 했고, 어려서부터 난폭한 데다가 뼈대도 굵고 꽤 건장한 남자 같았다. 게이코에게 처음으로 그 이야기를 들었을 때 정말이지 너무 기분이 불쾌했다. 아무래도 연인의 오빠가 중사니 하사니 하는 건 파우스트 시대부터 바람둥이에게는 대단히 불길한 일이다.

그 오빠가 최근에 시베리아에서 돌아와 게이코 집에 붙어사는 듯했다.

다지마는 그와 얼굴 마주치는 게 싫어서 게이코를 어딘가 밖으로 불러내려고 그 집에 전화를 걸었지만 다 글렀다.

"저는 게이코의 오빠 되는 사람입니다만."

매우 힘이 넘쳐나는 사내의 강한 목소리. 과연 있었던 것이다.

"잡지사인데요, 미즈하라 선생님께 그림에 대해서 의논드릴 일이……."

말끝이 떨리고 있다.

"안 됩니다. 감기에 걸려 누워 있습니다. 일은 당분간 힘들 것 같습니다."

운이 나쁘다. 게이코를 불러내는 것은 일단 불가능해 보인다.

그러나 오빠가 두렵다는 이유로 언제까지고 이별을 망설이는 것은 게이코에게도 분명 무례한 일이다. 감기로 누워 있는 데다가, 귀환한 오빠마저 기숙하고 있다니 분명 돈도 부족할 것이다. 오히려 지금이 기회일지도 몰라. 게이코에게 다정한 위로의 말을 건네면서 돈을 슬쩍 내민다면 군인인 오빠라도 설마 때리진 않겠지. 어쩌면 게이코는 감격해서 악수를 청할지도 몰라. 그래도 혹시 내게 폭력을 휘두르려고 하면…… 그때야말로 나가이 기누코의 괴력 뒤에 숨으면 된다.

이거야말로 100퍼센트 활용이다.

"알겠죠? 별문제 없으리라 생각하지만 그 집에 난폭한 남자가 한 명 있어요. 만약 그자가 나를 치려고 팔을 번쩍 들면 당신은 가볍게 이렇게 붙들고 있어 줘요. 뭐, 약한 녀석 같기는 하지만요."

그는 부쩍 기누코에게 정중한 말투를 쓰고 있었다.

(미완)

해설

‘맑고 밝고 명랑한 불신’ 속에서 인간 존재의 자리 찾기

신현선(옮긴이)

다자이 오사무 문학의 현재성

‘언어의 마술사’라 불릴 만큼 몸소 체득한 삶의 언어들이 빛을 발하는 그의 문장은 시대를 초월하여 독자를 유혹한다. 일본 데카당스 문학의 기수 다자이 오사무(1909~1948)는 오늘날 젊은이들 사이에서 가장 인기 있는 작가 중 한 사람이다. 다자이 문학은 청춘의 통과의례와도 같은 작품이라 평가받으며, 지금도 많은 이들의 공감을 얻고 있다. 그의 작품은 일본 교과서에 실렸을 뿐만 아니라 뜨거운 화두가 되어 높은 판매 부수를 기록하며 인기를 누려 왔다. 최근까지도 그의 생애와 작품을 재조명하는 서적이 발간되고, 만화 연재를 비롯하여 애니메이션, 영화, 연극으로 상연되는 등 다양한 방식으로 그를 기리는 움직임이 이어지며 ‘인간 실격 현상’은 현재도 계속되고 있다.

다자이의 작품을 읽으면 ‘그는 내 약점을, 내 어두운 부분을 정말로 이해해 주고 있구나'라는 느낌을 받게 되는데 이것은 다자이의 현재적 의미를 잘 나타내 주는 말이다. 일본 문학 연구의 일인자로 손꼽히는 문예평론가 도널드 킨Donald Keen(1922~2019)은 다자이의 어떤 작품을 읽더라도 전 세계 젊은이들이 다 동감할 것이라며 다자이 문학에 깃든 보편성을 높이 평가했다. 그는 다자이 오사무의 작품을 읽으며 일체감, 다자이와 동일화된 느낌, 다자이가 나에게만 말을 걸어 주고 마음의 비밀을 털어놓고, 나도 거기에 끌려 마음의 비밀을 털어놓는 느낌을 받았다고 토로했다. 자신의 나약함, 부끄러움, 비열함, 추악함 등 들키고 싶지 않은 어두운 내면을 다자이는 예리하게 간파하기 때문이다.

아울러 도널드 킨은 "다자이 문학은 역사적 유산으로 후세에 남을 것"이라고 단언했다. 다자이가 문학자로서 창작 활동을 한 기간은 1933년 「추억」부터 1948년 「굿바이」[1]에 이르는 불과 15년간이다. 게다가 이 15년간은 태평양전쟁이 한창이던 격동의 시기였다. 그럼에도 불구하고 다자이 문학은 일본 문학으로는 보기 드문 보편성과 국제성, 그리고 오늘날에도 인간 영혼에 직접 호소하는 듯한 특유의 매력을 지니고 있다. 그에 따르면 다니자키 준이치로谷崎潤一郎(1886~1965), 가와바타 야스나리川端康成(1899~1972), 미시마 유키오三島由紀夫(1925~1971) 등의 문학을 만나면 '엑조티시즘exoticism'이

1 유작 「굿바이」의 주인공 다지마 슈지는 안정된 생활에 들어가고자 그동안 사귀었던 애인들과 슬기롭게 헤어지기 위한 모종의 계획을 세운다. 그리고 그 계획을 실행하기 위해 나가이 기누코와 손을 잡는다. 둘은 함께 애인들이 있는 곳을 순회하기로 하는데 다지마는 어느새 기누코에게 주도권을 뺏긴다. 유머, 위트, 풍자, 따스한 시선과 경쾌함이 어우러진 미완의 소설이다.

라 불리는 이국 취향을 먼저 느끼는 데 반해, 다자이 문학을 읽으면 작가가 일본인임을 잊고 마치 자기의 일이 쓰여 있는 것과 같은 절실한 문학적 감동을 받는다고 말한다.

일본 문학평론가 오쿠노 다케오奧野健男는 "우리의 심정을 대변하여 표현해 줄 유일한 작가를 발견했다. 과장된 말투로 들릴지 모르겠지만 우리 존재의 근거와 살아갈 이유를, 다자이 문학에 걸고 있었다"라며 다자이의 영향력이 아쿠타가와 류노스케芥川龍之介(1892~1927)나 고바야시 히데오小林秀雄(1902~1983)가 그 시대 청년에게 영향을 끼친 것보다 훨씬 크다고 했다. 특히 문학 지망생뿐만 아니라 문학에 관심 없는 사람들조차 다자이 오사무에게 강하게 공감하고, 마음에 간직했다고 설파했다. 이렇듯 다자이는 현대인의 마음을 꽉 잡고 있다.

다자이는 '순수'에 대해 자주 이야기했다. 미처 알아차리지 못한 무상의 아름다운 행위. 그것이야말로 고귀한 보석처럼 빛난다고 했다. 그가 가장 증오한 것은 '위선'이었다. 다자이는 평생 위선과 싸웠다. 다자이는 전쟁 중 어용 문학자가 되지 않았으며 세상과 타협하지 않는 글을 썼다. 그러나 전쟁 후 그는 점차 허무와 치욕을 느끼고 자신과 사회에 다시 절망했다. 일본의 현실은 추락하고 있었다. 일본이 나쁜 쪽으로 돌진하고 있음을, 전혀 희망이 없음을 느끼고 "술이라도 마시고 어지러운 상태로 있지 않으면" 살아갈 수 없던 그는 하강과 반역 끝에 새로운 윤리와 희망을 찾고자 했다. 그는 살롱의 위선, 케케묵은 것과 노예근성, 반그리스도적인 것, 화롯가의 행복, 가정의 에고이즘, 기타 모든 기성 가치, 도덕, 질서에 대한 전투를 시작한다.

'약한 인간은 아름답고 고귀한 존재'라는 생각이 다자이 인간관의 핵심이다. 그는 약함을 모르는 인간을 혐오했다. 냉혹함, 자만심, 자신감, 완고함, 탐욕, 위선, 비열함 따위를 겹겹이 입고, 아무렇지 않게 사람 마음을 짓밟으며 비난을 퍼붓는 강자에게 그는 공포마저 느꼈다. 다자이가 죽기 전에 「여시아문如是我聞」을 통해 "조금 더 약해져라. 문학가라면 약해져라. 유연해져라"라며 고뇌에 대한 인식 없이 사는 문단의 권위자들, 특히 '소설의 신'이라 불리던 문단의 대가 시가 나오야志賀直哉를 비판한 이야기는 유명하다.

많은 이들이 다자이의 작품을 읽고 나서 자신의 이야기를 쓴 것 같다는 말을 한다. 작가 쓰지 히토나리辻 仁成가 『인간 실격』을 마주한 심정에 대해 "거울에 비친 내 민낯을 들여다본 것처럼" 기묘한 감정을 느꼈다고 한 것도 그러한 차원의 공감일 것이다. '또 다른 약한 나'라는 공통된 인식과 함께 다자이는 결국 독자 자신과 겹쳐진다. 자신만이 다자이의 깊은 상처를 발견한 듯한 두근거림과 전율이 작품 곳곳에 가득하다. 등장인물의 고백과 건네는 말은 체념과 절망을 통과한 지점에서 부르는 삶의 노래, 격렬한 삶의 속삭임인지도 모른다. 그 장면들을 만나면서 우리는 내 안에 얼기설기 담겨 있는 감정의 조각과 내면의 울림, 그득하게 고이는 눈물을 발견할 수 있을 것이다.

다자이 오사무의 삶과 문학

다자이는 다이쇼大正(1912~1926) 시대와 쇼와昭和(1926~1989)

시대라는 극도로 혼란했던 광기의 시대에 고뇌의 삶을 살다가 자살로 생을 마감한 작가다. 그 시절 일본은 청일전쟁, 러일전쟁으로 입은 상흔이 채 아물지 않은 상태에서 세계공황의 파급으로 경제 불황을 맞았고, 1931년 만주사변을 시작으로 중일전쟁을 거쳐 태평양전쟁에 이르는 15년의 전쟁으로 혼란이 점차 가중되던 시기였다. 또한 세계적으로 사회주의가 널리 퍼지고, 일본 문단 역시 이념의 지배를 받아 프롤레타리아 문학이 문단의 주류를 차지하던 때였다.

그는 아오모리青森현 기타쓰가루北津軽의 부호, 대지주 집안의 11남매 중 열 번째이자 여섯 번째 아들로 태어났다.[2] 본명은 쓰시마 슈지津島修治. 고리대금업으로 부를 축적하고, 장남만을 중시하는 봉건적 대가족 속에서 그는 잉여인간, 이방인의 기분으로 소외감과 고립감, 열등감을 느끼며 자랐다. 아버지는 현 의원, 중의원 의원, 귀족원 의원까지 역임하며 정치 활동으로 늘 바빴고, 어머니는 병약했다. 부모가 집을 비우는 일이 잦아 다자이는 이모와 보모의 손에 컸다. 다자이는 천성적으로 섬세하고 예민한 감수성의 소유자였다. 그래서 그는 부잣집에서 태어나 특별 대우를 받으며 사는 것에 죄책감이 컸는데 특히 집안의 재력이 고리대금업에 기인한 것이라는 사실을 알았을 때 걷잡을 수 없는 자기혐오에 휩싸였다. 좌익 풍조가 짙은 당시에 유수한 대지주의 아들에게 쏟아지던 시선이 얼마나 냉담한 것이었는지 이후 작품 속에도 분명히 나타난다.

불안한 청년기에 다자이는 친구들과 동인지를 창간해 보지만

2 다자이 생가는 1907년 준공된 대저택으로 1996년 다자이 오사무 기념관 '샤요칸斜陽館'이라는 이름으로 공개되었으며 2016년 국가 중요문화재로 지정되었다.

금세 흥미를 잃고 다른 쪽에 관심을 가지기 시작한다. 자신의 집안에 대해 늘 지니고 있던 죄의식이 그를 마르크스주의에 심취하게 만들었다. 「교겐의 신狂言の神」에서 "나는 대지주의 아들이다. 지주에게 예외는 없다. 한결같이 너의 적이다. 배반자로서의 냉혹한 형벌을 기다리고 있었다. 총살당하는 날을 기다리고 있었던 것이다"라고 말했듯이 그에게 프롤레타리아 문학은 속죄의식의 구체적 발현이었다. 즉 다자이에게 공산주의 운동은 사상 그 자체에 대한 확고한 신념에 따른 행동이었다기보다, 부르주아로서 자신의 위치에 대한 죄의식, 약자에 대한 공감에 기인한 것으로 볼 수 있다. 그는 자신의 집을 공산주의 조직의 근거지로 삼을 정도로 적극적으로 활동했다. 이에 정치에 입문한 다자이의 큰형은 더 이상 쓰시마 가문을 부끄럽게 하지 말라며 크게 화를 내면서 "좌익운동에서 이탈할 것을 서약하지 않으면 모든 금전적인 지원을 중단하고 인연을 끊겠다"라고 통보했다. 좌익운동을 그만둔 그는 또다시 자기혐오에 빠지게 된다.

그는 소설가가 되기로 결심하고 작품 활동에 매진했다. 생가의 치부를 드러내고 자신의 가문을 거부하는 숙명, 아버지와 큰형에 대한 반항은 다자이 전기 작품의 사상적 원형이 된다. 소마 쇼이치相馬正一가 "다자이가 끊임없이 품어 온 이율배반의 고뇌(고향상실과 근원복귀)도 '집'의 문제를 무시하고는 생각할 수 없다"라고 지적한 것처럼 다자이에게 '집'은 그의 실존에 영향을 준 요인이었다고 할 수 있다. 그는 예비된 엘리트의 길(관립 고등학교→도쿄제국대학→고급관리)을 거부하고 문학가의 길로 일탈했다.

이후 아쿠타가와상에 도전하여 『역행逆行』(1935)이 최종 후보에 올랐지만 아쉽게도 차석에 머물렀다. 가와바타 야스나리가 심사

평에 "이 작가는 현재 생활에 어두운 구름이 끼어 있어, 재능을 있는 그대로 발산하지 못한다는 점에서 아쉽다"라고 평가하자 다자이는 발끈하여 "새나 키우고 무용이나 보는 것이 그렇게 훌륭한 생활인가"라며 문단의 대가 가와바타에게 반발했다. 그러나 그다음도 낙선하자 그는 세 번째로 도전하며 심사위원에게 "부디 저에게 아쿠타가와상을 주십시오. 바라는 것은 일절 없습니다. 저에게 명예를 내려주십시오. 분명 괜찮은 작품일 겁니다"라며 태도를 바꾼다. 이것은 아쿠타가와상에 대한 다자이의 과도한 집착[3]을 보여 주는 일화로 결국 다자이 오사무도 문단의 인정을 갈망했다. 그리고 이 간절함이 그를 계속 문학의 길에서 몸부림치게 했다. 절박한 동기를 가지고 소설을 썼지만 시가 나오야에게 모멸적인 비판을 받은 것에 격분하여 「여시아문」(1948)을 통해 "목숨을 걸고 행하는 것은 죄가 되는가"라며 필사적인 외침을 이어 갔던 것도 문단에서 고립되는 것을 극도로 두려워했던 다자이의 심정에 기인한다.[4]

1936년 첫 소설집 『만년晩年』을 발표하면서 본격적으로 문단 활동을 시작한 다자이로서는 생활 무능력자라는 열등의식과 '선택

3 '한 번 후보에 오른 작가의 작품은 다시 후보로 선정하지 않는다'는 아쿠타카와상의 심사 기준이 확립되면서, 다자이의 수상을 향한 도전은 좌절되었다.

4 수필 「내 작품을 말하다」에도 자신의 글에 대한 심정이 드러난다. "나는 내 작품과 살아가고 있다. 나는 언제나 하고 싶은 말을 작품 속에서 한다. 그 외에 하고 싶은 말은 없다. 그러므로 그 작품이 거부당하면 그걸로 끝이다. 변명의 여지가 없다. 나는 내 작품을 칭찬해 주는 사람 앞에서는 한없이 왜소해진다. 그 사람을 기만하고 있는 것 같은 기분이 들기 때문이다. 반대로 내 작품을 몹시 욕하는 사람은 예외 없이 경멸한다. 무슨 말을 지껄이는 거냐라고 생각한다."

받은 자'라는 자부심이 충돌하고 있었다. 다자이는 이 격동의 시기를 거치며, 주변 인물을 작품에 투영시키는 사소설私小說[5] 작가이자 나아가 극한 상황에 놓인 현대인의 고뇌와 불안, 인간 존재의 본질 등을 다룬 '무뢰파無頼派'[6] 작가로 활동했다. 평론가 가메이 가쓰이치로龜井勝一郎는 다자이가 청년 시절에 받은 깊은 상처에 몸부림치면서도 "작가라는 운명, 그 독자적 생존 방법에 대해 여러 각도에서 성찰을 시도했다"라고 평가했다.

패전 후 사상, 도덕, 윤리, 가치관이 전도된 시대 앞에서 다자이는 일본이 나쁜 방향으로 돌진하고 있음을, 희망이 없음을 느끼고 맨정신으로는 도저히 살아갈 수가 없었다.[7] 그가 재인식한 일본의 현실은 구태의연하게 시류에 편승한 사상 속에서 공전하고 있을 뿐이었다. 이때 기존의 권위를 거부하고 처절한 자기반성을 촉구했던 다자이를 위시한 무뢰파 문인들이 큰 인기를 끌게 되었다. 패전과 함께 근대적 자아의 환상이 해체되자 다자이는 '자기파괴' 외에

5 작가 자신이 작품의 주인공으로 등장하며 작가 신변의 일을 있는 그대로 묘사하거나 고백하는 소설. 다자이는 일본 근대문학 특유의 문학 장르인 사소설을 나름대로 개척한 작가로 손꼽힌다.

6 무뢰파란, 패전 후 혼란기에 반속反俗, 반권위, 반도덕적 언동으로 일본 기성 사회의 권위와 윤리에 반역을 시도한 작가들을 일컫는다. 그들은 주로 혼란, 퇴폐, 허무주의적 경향을 표방하며, 반속·반질서를 바탕으로 그 시대 청년들의 고뇌와 사회의 부조리함을 숨김없이 표현해 냈다. 전후 혼란기를 치열하게 살았던 그들은 뒤틀린 일본에 대한 비판과 인간 내면에 대한 처절한 반성을 촉구했다. 무뢰파 작가로는 이시카와 준石川淳, 사카구치 안고坂口安吾, 다자이 오사무太宰治, 오다 사쿠노스케織田作之助 등이 있다. 그중 사카구치 안고의 『타락론』, 다자이 오사무의 『사양』, 『인간 실격』은 대중에게 강한 충격을 주었다.

는 나아갈 길이 없다고 자각하고 인간의 위선, 잘못된 질서와 윤리에 정면으로 투쟁하기 위해 '자기부정'과 '자기파괴'를 실행했다. 또한 패전 후 엄습한 무력감, 공허함, 허탈감을 그만의 글쓰기와 살아내기로 표현하고 절규했다. 기성세대의 권위와 윤리에 반발하는 그의 작품 세계는, 혼란한 현실에 대한 인식이 반영되어 있었다.

다자이는 약한 자의 편이 되고 강한 자, 악한 자와 싸워야 한다고 결의했다. 그에게 문학은 자기주장이며, 자기 존재를 정당화하는 행위이다. "고통스럽더라도 살아 주세요. 당신 뒤에는 자기상실 망자 십만이 득실거리고 있습니다"(「허구의 봄」)에서 알 수 있듯이 그는 결핍감, 그늘에 있는 자, 약한 자, 불안과 공포, 고독한 자, 자신과 같은 죄의식에 고뇌하는 많은 사람을 위로하고 힘을 실어 주고자 했다. 그러나 믿었던 지인들의 손에 이끌려 정신병원에 입원한 일은 "이번 입원은 나의 생애를 결정했다"라고 말할 정도로 큰 충격과 인간 불신을 안겨 준다. 이 일로 인간에 대한 모든 신뢰감이 상실되고 '인간의 자격을 박탈당했다. 사람들에게 미친 사람처럼 보인다'라는 의식이 다자이에게 평생 깊은 상처로 남았다. 게다가 부인 오야마 하쓰요小山初代마저 부정을 저질렀다. 이 모든 것에 절망한 그는 죽음을 기도했다. 그러나 미수에 그치자 다자이는 아내와 이혼하고 고독과 허무, 무력감에 휩싸이고 만다.

7 전후 다자이는 고뇌와 약함에 무감각한 지도자들과 문학가들을 비판했다. 다자이가 일관되게 기성세대의 권위에 도전하는 반역정신, 반권력 자세를 보인 것은 '부끄러움' 의식에 기인한다. "부끄러운 줄 아세요. 인간이라면 부끄러운 줄 아시라고요. 수치를 느낀다는 건 인간에게만 있는 감정이니까요"(「화폐」). 그는 『인간 실격』을 비롯한 많은 작품에서 부끄러운 줄 알라고 호소하고 있다.

이와 같이 다자이는 20대 후반까지 전시戰時라는 시대적 광기 속에서 방황과 갈등을 계속했다. 당시 일본은 국가적으로나 사회적으로 변화와 혼란이 극심하여 국민의 정신적 불안이 팽배했다. 특히 1931년 만주사변을 기점으로 전시체제를 구축했으며, 1937년에 중일전쟁이 발발하자 국가 총력전에 돌입했다. 다자이는 이 시기를 "우리에게는 고난의 시대였다"라고 토로하기도 했다. 작품 속 문장 "성난 파도에 떠내려가는 나뭇잎 같았다. 뒤죽박죽이었다"(「15년간」) 라는 표현에서 감지할 수 있듯이 시대적 혼란 속에서 정신적 피폐도 걷잡을 수 없이 커져 갔다.

다자이는 이런 혼란의 시기를 보내며, 1939년 재혼하기 전까지 네 번이나 자살을 기도했고,[8] 약물 중독 등으로 죽음을 의식한 자서전적 작품을 다수 집필했다. 이때 다자이의 문학 스승 이부세 마스지井伏鱒二(1898~1993)는, 다자이를 위해서는 무엇보다 안정된 가정이 필요하다고 생각하여 이시하라 미치코石原美智子와 결혼을 주선했다. 결혼 후 다자이의 신상에 많은 변화가 일어났음은 이부세에게 보낸 그의 편지[9]에서도 감지할 수 있다. 결혼은 다자이에게 인생의 중요한 전환점이 되었고, 이러한 변화는 자신을 성찰하는 계기

8 다자이는 1927년 히로사키 고등학교 재학 시절에 아쿠타가와 류노스케의 자살에 큰 충격을 받은 적이 있다. 1929년 그는 공산주의 사상으로 인한 번뇌 때문에 칼모틴 자살을 시도한다. 1930년 긴자의 카페 여급 다나베 아쓰미와 함께 투신하지만 여자만 목숨을 잃는다. 이로 인해 자살방조죄로 구류되지만 기소유예로 풀려난다. 1935년 신문사 입사시험에 떨어지고 가마쿠라의 산속에서 자살을 시도하지만 실패한다. 1937년 아내 하쓰요의 불륜 사실을 알고 동반자살을 시도하나 실패하고 결국 이혼한다.

가 되어 작품에 영향을 미치게 된다.[10] 다자이는 전쟁 중 어용 문인이 되기를 거부하고 계속 글을 썼다. 그러나 전쟁 후, 그는 점차 자신과 사회에 대한 허무와 치욕으로 다시 한 번 절망한다. 일본의 현실은 추락하고 있었다. 그는 침략전쟁을 옹호하던 군국주의 무리들이 고뇌와 반성 없이 일순간 민주주의를 외치는 모습에 환멸을 느끼고 기성의 가치와 도덕, 질서에 대한 전투를 시작한다. 이러한 심정은 여러 작품에서도 나타난다. "부끄러움을 잊은 나라는 문명국이 아닙니다", "일본은 참패했습니다. 만약 일본이 이겼다면 일본은 신의 나라가 아니라 마의 나라가 되었을 것입니다. (……) 저는 지금 이 패배한 일본을 사랑합니다"(「답장」)라는 문장에서 우리는 후안무치한 인간의 모습, 혼란한 시대와 마주한 그의 의식을 엿볼 수 있다.

다자이는 혼돈과 파멸의 시대를 살았다. 평생 자기파멸에 사로잡힌 것은 남보다 많이 가진 자로 태어난 것에 대한 죄의식에 기인한다. 공산주의에 대한 공감이나 동참도, 그런 죄의식과 무관하지 않다. 타락과 부조리가 만연하고 삶의 왜곡이 극에 달한 현실 속에

9 "저는 당시의 고통 이후, 다소나마 인생이라는 것을 알게 되었습니다. 결혼이라는 것의 참뜻을 알게 되었습니다. 결혼은, 가정은, 노력이라고 생각합니다. 엄숙한 노력이라고 믿습니다. 들뜬 마음은 없습니다. 가난할지라도 평생 힘껏 노력하겠습니다. 또다시 제가 파혼을 거듭하는 일이 있다면 저를 완전히 미치광이로 여기시고, 버리시기 바랍니다."(1938.10.25)

10 다자이 작품은 크게 세 시기로 나뉜다. 1933~1937년 본격적으로 작품 활동을 시작한 전기, 1938~1945년 결혼 후 안정된 생활 속에서 활발히 작품 활동을 한 중기, 1945~1948년 다자이 문학이 성숙기에 접어든 후기이다. 특히 중기에 해당하는 작품들은 새로운 방법을 모색한 의욕 넘치는 밝은 작품이 특징적이다.

서, 그는 자신을 응시하고 성찰하는 모습을 보였다. 이렇듯 다자이 문학은 인간 존립의 문제와 인간답게 살아가는 것에 대해 생각하게 하는 존재의 절박한 외침이었다. 다자이는 1948년 6월 13일, 동거 중이던 야마자키 도미에山崎富榮와 강에 뛰어들어 자살했다. 시신은 6월 19일에 발견되었는데 그날은 다자이의 서른아홉 번째 생일이었다.

다자이 문학의 총결산, 『인간 실격』

『인간 실격』을 펼치면 '과연 어떻게 살아가는 것이 인간답게 존재하는 것인가'라는 물음과 만나게 된다. 다자이는 『인간 실격』 후 「굿바이」를 통해 대담하고 경쾌한 기법으로 이전과는 다른 작품을 선보이고자 했는데 미완으로 끝났기 때문에, 『인간 실격』이 실질적 유고작이 되었다. 『인간 실격』은 '작가 자신의 최고 문학 형태의 유서이며 자화상'이라는 평가를 받으며, 다자이가 죽은 직후부터 지금까지 다방면에서 논의되어 왔다. 문학평론가 오쿠노 다케오奧野健男는 "일본에 인간의 본질을 이렇게까지 파고 들어간 작품은 없다. 다자이의 다른 걸작이라 일컬어지는 『만년』, 『신햄릿』, 『옛이야기』, 『사양』은 잊혀도, 이 『인간 실격』만은 언제까지나 사람들에게 읽히고 남게 될 작품이라고 확신한다"라고 했으며, 도고 가쓰미東郷克美도 "『인간 실격』은 전후 민주주의에 대한 다자이 오사무의 통렬한 비판"이라고 지적했다. 작품 속에는 주인공 오바 요조大庭葉蔵의 인간 본질에 대한 다양한 문제 제기를 비롯하여, 일상 속에서 드러나는 인간의 모순, 악, 불안에 대한 좌절과 괴로움 등이 적나라하게 드러나 있다.

『인간 실격』은 1948년 잡지 『전망』 6, 7, 8호에 연재된 소설로 서언, 첫 번째 수기, 두 번째 수기, 세 번째 수기, 후기의 순서로 이루어져 있으며, 서술자인 '나'가 요조라는 사내의 사진과 수기를 소개하는 형식으로 구성되어 있다. 첫 번째 수기는 "너무나 부끄러운 인생을 살았습니다"라는 문장으로 시작된다. 이 문장은 작품 전체의 도입부라고 할 만큼 강력하다. 시골의 부잣집에서 태어난 요조는 순수한 나머지 어린 시절부터 세상에 잘 적응하지 못했다. 특히 서로를 속이면서 조금도 상처받지 않고 살아가는 인간에 대해 공포를 느낀다. 요조에게는 인간의 삶이라는 것이 짐작이 가지 않을 뿐만 아니라 이해가 되지 않는다. 그것은 "제가 가진 행복의 개념과 세상 사람들의 행복의 개념이 전혀 다른 듯한 불안"에서 비롯된다. 요조는 세상의 우열 기준에 놓고 보았을 때 자신이 열등한 존재라는 '부끄러움'을 느낀다. 그는 보통의 인간, 보통의 삶이 어려운 이유를 고백하면서도 그들과 함께 살아가기 위해 자신만의 무기를 꺼내 든다. 그리고 남들과 어울리기 위해 필사적으로 익살을 떨면서 "나는 무無다. 바람이다. 하늘이다"라고 생각한다.

두 번째 수기에서 요조는 "난생처음으로 이른바 타향에 나간 셈이지만, 저는 그곳이 고향보다 훨씬 편안한 장소로 느껴졌습니다"라며 그동안 고향의 가족과 지내면서 자신이 얼마나 거북한 생활을 했는지 깨닫는다. 그러나 타향이 주는 안락함도 이내 "백치에 가까운" 다케이치에 의해 무너지고 만다, 결국 요조는 '세상'이라는 것을 스스로 체득하게 된다. 호리키라는 미술 생도에게 술, 담배, 매춘부,

전당포, 좌익사상을 배웠고 이것들은 대인공포를 잠시나마 잊게 해 주는 아주 좋은 수단이라는 사실을 알게 된다. 그러나 이것은 일시적으로 기분을 달랠 수 있는 수단일 뿐 근원적인 해결은 되지 못한다는 것 역시 알게 되었다. 자기 물건을 팔아 가며 그런 생활에 탐닉하던 중 자신과 마찬가지로 비참한 생활을 영위하는 카페의 여급과 동반자살을 시도한다. 그러나 여자는 목숨을 잃고 자신만 살아남게 된다.

세 번째 수기에 이르러 요조는 비로소 '세상이란 개인이 아닐까?'라는 사상 비슷한 깨달음을 통해 이전보다 조금은 본인의 의지를 가지고 살아가게 된다. 이혼녀 시즈코와 동거하면서 그녀의 소개로 잡지 만화를 그리지만, 모녀의 행복을 망칠까 두려워서 그녀를 떠나고 스탠드바 마담의 정부와 같은 생활을 한다. 가슴이 텅 빈 듯한 상실감에 괴로워하며 '마시다 남은 압생트 한 잔'을 떠올리지만 점차로 '세상이란 그다지 무서운 곳이 아니다'라는 생각을 품게 된다. 이후 담배 가게 딸 요시코의 순결함에 이끌려 결혼하지만 그 기쁨도 잠깐. 그 후 찾아온 슬픔은 상상을 초월할 정도로 처참한 것이었다. 그는 아내의 불륜을 목격하고는, 극심한 절망과 불안에 음독자살을 기도한다. 다시 무절제한 생활이 이어지는 가운데 요조는 알코올 중독, 모르핀 중독으로 정신병원에 입원하게 되고 더 이상 인간이 아니라는 '인간 실격'이라는 인식에 이른다.

다자이에게는 '오바 요조'라는 이름의 주인공이 등장하는 소설이 또 있다. 「어릿광대의 꽃」(1935)으로 1930년 동반자살 미수사건을 소재로 한 실험소설이다. 내용을 살펴보면, 구조된 요조가 병원에 입원해 있지만 소설에는 친구들과 두서없이 주고받는 이야기만 나올 뿐, 요조의 고뇌는 전혀 드러나지 않는다. 그 후 『인간 실격』(1948)이 세상에 나오는데 「어릿광대의 꽃」에서 소설 전면에 나와 있던 주인공인 '나' 대신 요조가 수기 형태로 독자에게 말을 걸어온다. 작품에서 계속 언급한 것을 보더라도 이 사건은 평생 죄의식으로 남았음을 알 수 있다.

다자이는 1936년 정신병원 퇴원 직후 「HUMAN LOST」를 썼다. 이를 번역하면, '인간 실격'으로 훗날 『인간 실격』의 원형이 된다. 1940년 「속천사」에서 『인간 실격』의 복안을 쓰고, 「20세기 기수」, 「봄의 도적」, 「도쿄팔경」, 「갈매기」, 「15년간」에서도 반복적으로 인간 실격 체험의 충격을 말하고 있다. 다자이는 그 마음의 상처를 잠시도 잊을 수 없었던 것 같다. 그러나 『인간 실격』 집필 과정이 순탄치만은 않았고 다자이가 휘말리게 되는 사건을 비롯, 생활의 혼란과 피로가 가중되어 결과적으로는 유서와도 같은 작품이 되고 말았다. 아래의 글은 이와 관련된 내용이라는 점에서 흥미롭다.

> 나는 새도 아니다. 짐승도 아니다. 인간도 아니다. 오늘은 11월 13일이다. 4년 전 이날 나는 어느 불길한 병원에서 나오는 것이 허락되었다. (중략) 그때의 일을 앞으로 5, 6년에 걸쳐 조금 차분해지면 차근차근 천천히 써 볼 생각이다. 『인간 실격』이라는 제목으로 할 작정이다.
>
> – 「속천사」(1940)

> "한 계간지에 장편 『인간 실격』을 연재할 예정이네. 그 계간지는 장편 집필 중에 다른 곳에 글을 쓰지 않아도 내 생활비를 지급해

줄 듯하네. 나도 서른여덟이니까(자네도 이젠 지긋한 나이가 되었겠지) 마흔까지는 대걸작을 하나 쓰고 싶네."

- 1946년 1월 25일 친구 쓰쓰미 시게히사에게 보낸 편지

"15일까지 『인간 실격』을 전부 완성할 예정. 15일 저녁 신초의 노히라가 작업실인 지쿠마에서 기다렸다가 밤샘하며 구술 필기할 거라서 귀가는 16일 저녁이 될 것임. 그리고 드디어 아사히신문 일을 하게 되었소. 몸 상태가 좋아 기분도 굉장히 좋음. 일이 생기면 지쿠마 출판사로 전화하세요."

- 1948년 5월 7일 아내 쓰시마 미치코에게 보낸 편지

(이것을 마지막으로 다음 달 『인간 실격』 발표 후 동반자살)

『인간 실격』은 다자이가 '타인을 위한' 자세에서 벗어나 '음산한 도깨비 같은' 자화상을 드러내며 예술적 자서전을 시도한 작품이다. 그동안 다자이는 타인을 위한 방법으로 스스로 악덕의 견본이 되고자 했다. 철저히 자신을 파괴하고 파멸하는 것만이 타인을 위해 헌신할 수 있는 유일한 방법이라고 생각한 것이다. "다자이 오사무의 소설 표현은 '나'의 외부에 있는 이해 불가능한 타자를 현현시키기 위한 고행의 여정이었다"라는 다나카 미노루田中実의 지적이나 "『인간 실격』의 화자 '나'에게 필요한 것은 타자와의 직접적인 관련을 피하면서도, 거기에 자타의 차이만을 부각시켜 가는 강인한 자의식"이라는 안도 히로시安藤宏의 평가를 통해 알 수 있듯이 작품에 표출된 자의식은 결국 타자를 향한 것이었으며, 여기에는 타자에 대한 다자이의 집착이 숨어 있음을 짐작할 수 있다.

실존의 위기와 '인간 실격'의 역설

주인공 요조는 자신과 세상이 너무도 이질적이고 서로 이해하지 못하고 있다는 데서 오는 절망과 불안에 빠져 있다. 바로 이 '세상'이 요조와 대립하는 이해 불가능한 타자라고 할 수 있다. '첫 번째 수기' 첫 부분에 나오는 "저는 인간의 삶을 잘 모르겠습니다"라는 말은 앞으로 전개될 작품 전개의 실마리를 제공하고 있다. 서로 속이지만 아무도 상처를 입지 않고, 서로 속이고 있다는 사실조차 깨닫지 못하는 듯 '산뜻한, 그야말로 맑고 밝고 명랑한 불신'이 가득 찬 인간의 생활 속에서 요조가 발견한 삶의 부조리, 일상의 이중성은 타자를 한없이 의식하는 심리로 변주되고 연기로 재생된다.

이렇게 자신이 인간의 삶, 즉 세상에서 동떨어져 있다는 인식은 인간의 삶이란 대체 무엇인가라는 의문으로 이어진다. 요조는 사람을 온전히 이해할 수 없는 데서 오는 불안과 공포 속에서 사람과의 끈을 놓지 않기 위해 점점 어릿광대가 되어 간다. 그는 혼자만의 고뇌, 우울과 불안을 꼭꼭 숨긴 채 오로지 천진난만한 낙천가인 양 위장하며 익살을 떨었다. 능수능란한 어릿광대짓은 심리적 방어기제이자 인간관계의 수단이 되어 적재적소에서 유효하게 작동했다. 다케이치가 "일부러 그랬지?"라고 요조의 속마음을 간파한 장면, 요조를 아빠처럼 따르던 시게코로부터 "진짜 아빠를 갖고 싶어"라는 진심을 들은 장면들도 타자의 속성, 인간관계의 난해함을 보여 준다.

요조는 사람들의 일반적인 인식과 달리, 자기가 깃들 공간을 설정한다. 그는 비합법의 바다를 편안하게 느끼며, 일상 공간보다 감옥에서 더 편안함을 느낀다. 이러한 심정은 쓰네코와 동반자살을 기도한 후 벌어지는 상황에서도 나타난다. 자살방조죄로 경찰서에 수감되자 요조는 어디에도 결코 뿌리내릴 수 없는 타자로서의 위치를 확인한다. 그는 고향으로부터도 완전히 의절당한다. 호리키 또한 자신의 이기적인 모습은 알지 못한 채 남에게 훈계를 늘어놓는 '타자'의 얼굴을 하고 있다. 이것을 발견한 요조는 '호리키=세상=타자'라는 도식으로 이해한다. 나의 바깥에 있는 세상은 호리키의 모습 그대로이다.

요조는 그 타자를 자신으로부터 완전히 배제하거나 소멸시키지는 않는다. "겁쟁이는 행복조차 두려워하기 마련입니다. 솜에도 상처를 입습니다. 행복에 상처 입는 일도 있습니다"라는 말에서 보이듯 요조는 삶에 대한 두려움과 불안이 팽배해 있다. 인간 생활에 대한 위화감은 요조에게 불안과 공포를 안겨 주지만, 아무래도 인간, 세상과의 관계를 단념하기는 불가능했다. 그는 인간에 대한 최후의 구애로서 어릿광대짓을 생각해 내고, 오로지 이를 통해 세상과 마주한다. 그리고 '세상이란 개인이 아닐까?'라는 생각에 의지하여 처세한다. 요조는 자신을 '태어날 때부터 음지에 사는 인간'이라 생각해 온 터라 가식과 위선에 찬 사람들 사이에서 합법보다는 비합법이 편안하고 음지에 사는 사람들을 만나면 다정한 마음마저 들었다.

요조의 인식이 가장 분명하게 나타나는 것은 '세 번째 수기'의 후반부다. 요조는 호리키와 언어유희를 하며 죄의 실체를 추적하다가 '죄의 반의어는 무엇일까'라는 물음에 봉착한다. 그는 죄의 반의어를 알면 죄의 실체도 파악할 수 있다는 기대를 품는다. 그러다가 도스토옙스키의 『죄와 벌』에 나오는 '죄와 벌'이 동의어인지 반의어인지, 죄를 어떻게 규정하면 좋을지 심각하게 고민한다. 죄의식을 가지고 사는 요조에게 이것들은 '얼음과 숯처럼 서로 겉도는' 난해한 것이었다.

다자이는 진지하게 일본의 패전을 인식한 작가다. 그는 기성 도덕, 관례, 권위 있는 자들의 부정 행태를 목도하고 비열한 에고이즘, 위선자가 어떻게 횡행하는지, 약육강식이 어떻게 벌어지는지 명확히 인식했다. 다자이는 자신을 둘러싼 현실 세계의 모순을 드러내고, 이를 초월하고자 하는 등장인물의 파멸을 그렸다. 일종의 자기 파괴이자 자살을 통한 증명이었다. 『오바스테姥捨』에서 주인공이 스스로를 '멸망하는 인종'이라 명명하며 "강렬한 안티테제antithese를 시도해 봤어. 멸망하는 자의 악이 강하면 강할수록, 다음에 생겨나는 건강한 빛도 그만큼 더 힘차게 온다는 것"이라고 말한 내용은 '파멸'이야말로 창조를 이루는 역설임을 강조한다. 그리고 멸망의 마지막 역할은 『인간 실격』에서 명징하게 나타난다.

『인간 실격』에 나오는 "자살도 하지 않고, 미치지도 않고, 정치를 논하며 절망하지도 않고, 굴하지 않고 삶의 투쟁을 계속할 수 있다는 건 괴롭지 않다는 의미 아닐까? 더구나 그것을 당연한 것으로 확신하고는 철저하게 에고이스트가 되어 단 한 번도 자신을 의심해 본 적이 없는 게 아닐까? 그렇다면 편하겠지. 그러나 인간이란 모두 그렇기 때문에 그 자체만으로 더할 나위 없는 완벽한 존재가 아닐까? ……모르겠다"라는 말은 우리에게 인간의 존재, 인간 실격의 의미에 대해 고민하게 만든다.

『인간 실격』에는 과연 어떻게 살아가는 것이 인간답게 존립하는 것인가에 대한 본질적 물음이 제시되어 있다. 작품 속에서 '인간 공포'와 씨름하던 요조가 들어 올린 무기는 '어릿광대짓道化'이었다. 주인공은 도저히 인간을 단념할 수 없어서 이러한 방법을 통해 세상과 연결되고자 했다. 『인간 실격』은 요조라는 인간이 어떻게 해서 '실격'이고, 어떻게 해야 '합격'인지 묻지 않는다. 모든 '인간'은 존재하는 것만으로 타자에게 죄를 짓고, 상처 입히고, 스스로에게도 상처 주는 위험성을 내재한 '실격자'라는 점에서 다자이는 "'삶'의 의무를 가진 인간은 누구라도 '실격자'가 아닐까"라는 생각으로 인간의 본질을 이루는 '어둠'을 그려 냈다. 여기에서 제시되고 있는 『인간 실격』이 발신하는 실존의 위기와 '인간 실격'의 역설에 대해, 독자 또한 고민해 볼 필요가 있다.

다자이의 작품 곳곳에서 "나는 '인간'으로부터 실격되었다. 나는 '인간'이라는 것을 도무지 모르겠다"고 주장하는 소리가 들린다. "나는 지금은 인간이 아니다. 예술가라고 하는 일종의 기묘한 동물이다"(「갈매기」)라는 말을 비롯해서 "우리가 알고 있는 요조는 매우 순수하고 섬세한 마음씨를 지녀서 술만 마시지 않으면, 아니 마셨더라도 하느님같이 착한 아이였어요"라는 『인간 실격』의 마지막 구절은 다자이의 처절한 자기변호였는지도 모른다. '요조'로 대변되는 인간 존재의 일그러짐, 고단함은 그 당시 일본 사회에 대한 비판과 인간 내면에 대한 고찰과 반성을 촉구한다.

자신을 '인간 실격'이라 자각하고 "지금 제게는 행복도 불행도 없습니다. 그저 모든 것은 지나갑니다"라고 읊조리던 요조의 모습은 존재에 대한 성찰과 부끄러움을 끄집어올린다. 요조는 어쩌면 지금 우리의 자화상, '또 다른 나'의 모습일지도 모른다.

작가 연보

1909 6월 19일 아오모리현 기타쓰가루에서 고리대금업으로 급성장한 대지주의 11남매 중 열 번째이면서 여섯째 아들로 태어남. 본명은 쓰시마 슈지津島修治.

1912 아버지 쓰시마 겐우에몬津島原右衛門 중의원에 당선.

1916 가나기金木 심상소학교 입학.

1922 소학교 수석 졸업.

1923 귀족원貴族院 의원이던 부친 별세. 큰형 분지文治가 가독 상속. 현립 아오모리 중학교 입학. 교우회지에 작품 발표. 친구들과 동인지를 만들어 활동.

1925 이 무렵부터 작가를 지망하여 급우 동인지에 소설, 희곡, 수필 발표.

1927 중학교 4년 수료 후 관립 히로사키 고등학교 문과 입학. 동경하던 작가 아쿠타가와 류노스케芥川龍之介의 자살에 큰 충격을 받음. 게이샤 오야마 하쓰요小山初代와 알게 됨.

1928 동인지 『세포문예細胞文藝』를 창간하여 「무간나락無間奈落」 발표.

1929 「지주일대」 집필, 공산주의에 심취해 자신의 출신 계급에 혐오감을 가지고 있던 중 칼모틴으로 자살을 기도했으나 미수에 그침.

1930 히로사키 고등학교 졸업. 도쿄제국대학 불문과 입학. 소설가 이부세 마스

지井伏鱒二를 만나 사사받음. 「학생군」 발표. 좌익운동에 관여. 큰형이 분가 조건으로 하쓰요와의 결혼을 허락. 긴자의 카페 여급 다나베 아쓰미(본명: 다나베 시메코田部シメ子)와 동반자살을 기도했으나 여자만 사망. 자살방조죄로 구류되었으나 기소유예로 풀려남.

1931 시나가와品川에서 하쓰요와 동거 생활 시작. 도쿄제국대학의 반제국수의 학생연맹에 가입.

1932 아오모리 경찰서에 자수하고 공산주의 활동에서 손을 뗌.

1933 처음으로 '다자이 오사무太宰治'라는 필명으로 「열차」 발표. 「어복기」 발표. 「추억」 연재 개시.

1934 「잎」, 「원숭이를 닮은 젊은이」, 「그는 옛날의 그가 아니다」, 「로마네스크」 발표.

1935 대학 졸업은 절망적인 데다 신문사 입사시험에 실패하자 가마쿠라 산속에서 자살을 기도. 「역행逆行」으로 제1회 아쿠타가와상 후보에 올랐지만 차석. 심사위원 가와바타 야스나리川端康成의 심사평에 격노하여 「가와바타 야스나리에게」를 발표. 사토 하루오佐藤春夫를 만나 사사함. '일본낭만파'에 합류. 맹장 수술 후 복막염이 생겨 치료를 위해 복용한 마약성 진통제 파비날에 중독. 유급을 반복하다 수업료 미납으로 대학에서 제적당함. 「어릿광대의 꽃」, 「완구」, 「다스 게마이네」 발표.

1936 제2회 아쿠타가와상 수상작은 '당선작 없음'으로 발표. 첫 소설집 『만년』 간행. 사토 하루오를 통해 『만년』이 제3회 아쿠타가와상 유력후보가 되었다는 사실을 알게 되었지만 이번에도 수상에 실패하자 극심한 동요를 일으킴. 파비날 중독 치료를 위해 정신병원에 강제 입원되면서 정신적으로 큰 충격을 받음. 자살, 도망의 우려가 있어 폐쇄병동에 들어감. 「허구의 봄」, 「교겐의 신」, 「창생기」 발표.

1937 친척 고다테 젠시로小館善四郎와 아내 하쓰요와의 간통 사실을 알고 충격받음. 아내와 동반자살을 시도했으나 미수에 그친 후 하쓰요와 이혼. 「20세기 기수」, 「HUMAN LOST」, 「등롱」 발표. 『허구의 방황 다스 게마

이네』, 『20세기 기수』 간행.

1938 「만원満願」 발표. 이부세 마스지井伏鱒二의 소개로 고등여학교 교사 이시하라 미치코石原美智子와 맞선을 보고 약혼.

1939 이부세의 자택에서 결혼식을 올리고 안정적으로 작품 활동에 전념함. 「후지산 백경」, 「황금풍경」, 「벚나무와 마술 휘파람」, 「미소녀」 「축견담」 발표. 도쿄 미타카三鷹로 이사. 단편집 『여학생』 간행.

1940 「봄의 도적」, 「속천사」, 「갈매기」, 「여자의 결투」, 「직소」, 「달려라 메로스」, 「아무도 모른다」 발표. 「피부와 마음」 「추억」 간행. 중견작가로서 입지를 굳힘. 『여학생』으로 기타무라 도코쿠北村透谷 상 수상.

1941 장녀 소노코園子 출생. 어머니 다네タネ의 병문안을 위해 10년 만에 귀향. 오타 시즈코太田静子가 친구와 함께 다자이 집을 처음으로 방문. 「도쿄 팔경」, 「지요조」, 「바람의 소식」 발표. 『신햄릿』 간행. 흉부질환으로 징집 면제.

1942 『정의와 미소』, 『직소』 간행. 「불꽃놀이」를 발표했지만 전문 삭제됨. 모친 별세.

1943 『우대신 사네토모』, 『후지산 백경』 간행.

1944 오야마 하쓰요가 병으로 사망. 장남 마사키正樹 출생. 「눈 오는 밤 이야기」 발표. 집필 의뢰를 받고 『쓰가루』를 씀. 이를 위해 5월에 쓰가루津軽 지역을 여행. 『쓰가루』 간행.

1945 도쿄의 집이 공습을 받자 고후甲府에 있는 처가로 피난 갔지만 머물던 집이 소이탄 폭격으로 전소되어 가나기金木 생가로 이동. 『석별』, 『옛날이야기』 간행.

1946 '무뢰파'임을 선언. 피난 생활을 끝내고 미타카로 돌아옴. 「화폐」, 「고뇌의 연감」, 「15년간」, 「겨울의 불꽃」, 「친우교환」 발표. 『판도라의 상자』 간행.

1947 1월 오타 시즈코가 다자이의 작업실 방문. 다자이가 시즈코에게 일기를 보여 달라고 부탁. 다음 달 시즈코를 방문. 일기를 빌려 「사양」 원고 집필. 차녀 사토코(쓰시마 유코津島佑子, 작가로 활동하다 2016년 사망) 출생.

이 무렵 야마자키 도미에山崎富榮를 알게 됨. 「포스포렛센스」, 「오상」, 「비용의 아내」, 「탕탕탕」 발표. 패전 후 소멸해 가는 귀족에 대한 만가인 『사양』 간행. '사양족'이라는 유행어를 낳을 정도로 큰 호응을 얻고 베스트셀러가 되어 최고 인기를 누림. 시즈코와의 사이에서 하루코治子 출생.

1948 『다자이 오사무 전집』이 야쿠모八雲 서점에서 간행. 「향응 부인」, 「여시아문」, 「앵두」, 「미남자와 담배」 발표. 6월 「인간 실격」 발표 후 극심한 피로감에 시달리고 객혈 반복. 아사히신문에 연재 예정이던 미완의 소설 「굿바이」를 남기고 6월 13일 야마자키 도미에와 함께 다마가와조스이玉川上水에 투신. 6월 19일 생일에 시신 발견. 21일 장례식 뒤 미타카에 있는 젠린지禪林寺에 안장.

인간 실격

클래식 라이브러리 007

1판 1쇄 인쇄 2023년 5월 23일
1판 1쇄 발행 2023년 5월 31일

지은이 다자이 오사무
옮긴이 신현선
펴낸이 김영곤
펴낸곳 아르테

문학팀 김지연 임정우 원보람
출판마케팅영업본부장 민안기
마케팅2팀 나은경 정유진 박보미 백다희
출판영업팀 최명열 김다운
제작팀 이영민 권경민

출판등록 2000년 5월 6일 제406-2003-061호
주소 (우 10881) 경기도 파주시 회동길 201(문발동)
대표전화 031-955-2100
팩스 031-955-2151

ISBN 978-89-509-1945-0 04800
ISBN 978-89-509-7667-5 (세트)

아르테는 (주)북이십일의 문학·교양 브랜드입니다.

『슬픔이여 안녕』『평온한 삶』『자기만의 방』『워더링 하이츠』『변신』『1984』『인간 실격』『사랑에 대하여』『도리언 그레이의 초상』『비계 덩어리』『라쇼몬』『이방인』『노인과 바다』『수레바퀴 밑에서』『위대한 개츠비』『작은 아씨들』『데미안』『월든』『코』

클래식 라이브러리 시리즈는 계속 출간됩니다.